현진건을 읽다

현진건을 읽다

전국국어교사모임 지음

머리말

현진건은 한국 현대문학사에서 단편소설과 사실주의 문학의 기틀을 마련한 작가로 평가받는다. 그의 작품은 투철한 역사의식을 바탕으로 하고 있으며, 시대의 모습을 사실적으로 그려낸다. 그래서 김동인은 현진건을 "조화의 극치, 묘사의 절미, 과연 기교의 절정"이라고 평가했다. 역사와 시대를 사실적으로 그려낸 작가, 술 마시기를 좋아한 작가, 1936년 일장기 말소 사건으로 투옥된 언론인, 신문 제목을 잘 뽑기로 유명했던 기자. 현진건을 수식하는 말은 많지만, 그에게 가장 잘 어울리는 말은 〈운수 좋은 날〉의 작가이자, 일제강점기의 암울한 시대 상황을 사실적으로 그려낸 작가라는 말일 것이다.

이 책은 현진건의 단편소설 가운데 〈술 권하는 사회〉, 〈피아노〉, 〈할머니의 죽음〉, 〈운수 좋은 날〉, 〈고향〉 이렇게 다섯 편을 골라 작품이 가지고 있는 의미, 우리에게 던져주는 생각할 거리 등을 정리했다. 이 소설을 읽으면서 100년 전 조선 사회에서 갈등하던 현진건의 고민을 100년 후 우리는 지금의 사회에서 어떻게 풀어나갈지 생각해 보면 좋겠다.

취직이 되지 않아 먹고살기가 막막한 청년, 남들에게 어떻게 보이는지에만 신경 쓰는 사람, 겉으로는 가족을 위해 희생하는 것처럼 행동하지만 자신의 이익이 더 중요한 사람, 먹을 것이 없어 병에 걸려도 제때 치료받지 못하고 죽어가는 복지 사각지대에 놓인 취약 계층, 먹고살기가 힘들어 공동체가 파괴된 채 이곳저곳을 떠돌며 도시 빈민으로 추락해 버린 소외 계층. 100년이 지났는데도 100년 전과 크게 다르지 않다.

100년 전 현진건 소설의 주인공들은 현재까지도 우리 주변에서 아프게 살고 있다. 그래서 여전히 그의 소설은 읽을 가치가 있다. 조금씩 더 나아지고 있기는 하겠지만 현진건 소설의 인물들이 여전히 지금 여기를 살고 있다. 그래서 아프기도 하지만, 우리는 이 소설을 발판으로 더 나은 사회를 꿈꾸어야 한다. 현진건 소설의 가치는 여기에 있다.

이 책은 현진건의 소설을 먼저 접한 선배가 현진건의 소설을 접할 후배에게 현진건 소설을 좀 더 쉽게 만날 수 있도록 안내하는 책이다. 이 책을 읽으며 현진건 소설의 매력을 느낄 수 있었으면 좋겠다. 그리하여 우리의 청소년들이, 바삐 사는 현대인들이 현진건의 소설 세계에 한 걸음 다가서면 좋겠다.

권진희

차례

01

현진건의 삶과 작품 세계

현진건의
삶

현진건의 생애는 《현진건 단편 전집》(현진건, 가람기획, 2006), 《현진건》(현길언, 건국대학교출판부, 1995), 《현진건연구》(신동욱 편, 새문사, 1981) 등을 참고하였다.

한국 단편소설의 기틀을 다지다

비어 있는 것, 허공에 기댄다는 의미의 '빙허'는 현진건의 호이다. 현진건은 그의 호처럼 비어 있는 채로, 아무것도 없는 것에 기대며 살고자 했으나 그의 작품은 한국 문학사에 큰 업적으로 남아 지금도 독자들에게 감동을 준다.

그는 1920년 11월 〈희생화〉를 발표한 이후 1941년 9월 《선화공주》를 연재하다가 중단하기까지 20년간 20편의 단편소설과 7편의 중편·장편소설을 남겼다. 그의 작품들은 근대 한국 사회의 다양한 모습을 사실적으로 담고 있으며, '사실주의 문학을 개척한 작가, 한국 단편소설의 기틀을 마련한 작가'라는 평을 받는다.

아내와의 사랑을 작품으로 녹여내다

1900년 음력 8월 9일, 현진건은 조선 말 대구 우체국장을 지낸 현경운과 이정효 사이에 넷째 아들로 태어났다. 현진건의 집안은 일찍이 개화한 집안으로 대대로 출중한 지식인을 많이 배출했다. 아버지 현경운의 형제들은 군수, 역관 등을 지냈고, 현진건의 큰형 홍건은 러시아 대사관 통역관, 둘째 형 석건은 변호사를 했다. 셋째 형 정건은 상하이에서 독립운동을 하다가 결국 1932년 감옥 생활의 후유증으로 사망하였다.

유복한 집안에서 자란 현진건은 평탄한 어린 시절을 보낸다. 1910년 열한 살의 나이에 어머니를 여의고 대구, 서울, 일본, 중국에서 공부를 한다. 1915년에는 대구의 부호이자 개화 지식인인 이길우의 딸 이순득과 결혼한다. 이순득과의 결혼 생활은 〈빈처〉, 〈술 권하는 사회〉, 〈타락자〉에서 조금씩 그 모습을 엿볼 수 있다. 이런 현진건은 훗날 경성의 3대 미남으로 불릴 만큼, 얼굴 빛깔이 하얗고 환했다고 한다.

내가 외국으로 돌아다닐 때에 소위 신풍조에 띄어 까닭 없이 구식 여자가 싫어졌다. 그래서 나의 일찍이 장가든 것을 매우 후회하였다. 어떤 남학생과 어떤 여학생이 서로 연애를 주고받고 한다는 이야기를 들을 적마다 공연히 가슴이 뛰놀며 부럽기도 하고 비감스럽기도 하였다.

그러나 낫살이 들어갈수록 그런 생각도 없어지고 집에 돌아와 아내를 겪어보니 의외에 그에게 따뜻한 맛과 순결한 맛을 발견하였다. 그의 사랑이야말로 이기적 사랑이 아니고 헌신적 사랑이었다. 이런 줄을 점점 깨닫게 될 때에 내 마음이 얼마나 행복스러웠으랴! 밤이 깊도록 다듬이를 하다가 그만 옷 입은 채로 쓰러져 곤하게 자는 그의 파리한 얼굴을 들여다보며,

'아아, 나에게 위안을 주고 원조를 주는 천사여!'

하고 감격이 극하여 눈물을 흘린 일도 있었다.

현진건, 〈빈처〉에서

이 부분에서 알 수 있듯이 당시 유학을 다녀오고 근대 문화를 받아들인 사람들은 기존의 조혼 관습이나 봉건적인 관습을 비난하며 '까닭 없이 구식 여자가 싫어졌다'고 핑계를 대며 이혼을 하기도 했는데, 현진건은 그렇지 않았다. 아내와 별 탈 없이 결혼 생활을 했으며, 아내에 대한 고마움과 미안함을 작품에 녹여내었다. 어쩌면 그는 아내에 대한 사랑을 작품을 통해 고백한 것이리라.

일본 도쿄 세이죠중학교를 졸업하고 귀국 후, 1918년 독립운동을 하고 있던 셋째 형 정건을 만나기 위해 형수 윤덕경과 상하이로 가게 된다. 그리고 상하이 후장대학에서 독일어를 공부하다가 이듬해 귀국한다. 기차 안에서 만난 조선 유랑민과의 대화를 통해 일제의 수탈로 농토와 고향을 잃은 사람들의 참담한 삶을 형상화한 〈고향〉과 같은 작품이 나올 수 있었던 것은 이런 셋째 형의 영향일 것이다.

술로 울분을 달래다

현진건은 1919년 후손이 없었던 오촌당숙 현보운의 양자로 입양되면서 서울에서 살림을 꾸리게 된다. 1920년에는 당숙 현희운의 소개로 첫 소설 〈희생화〉를 발표하고, 그해 11월에 조선일보 기자로 일한다. 기자로 일하면서도 단편소설을 꾸준히 발표했는데, 특히 1921년 1월에 발표한 〈빈처〉가 호평을 받았다. 〈빈처〉 이후 〈술 권하는 사회〉, 〈타락자〉 등을 발표하고, 《백조》 동인으로 활동한다. 《백조》는 박종화, 홍사용, 이상화, 나도향 등이 함께 만든 동인지로, 《백조》 활동은 자신의 작품을 더 발전시키는 힘이 된다.

현진건은 술 마시기를 즐기고 좋아했다고 한다. 그래서 술에 관한 에피소드가 많다. 술에 취해 길에서 쓰러져 자다가 빈털터리가 된 이야기, 방인근이 광화문 근처를 지나가다 현진건을 만나 술 한잔하자고 하니 이미 마시고 일하러 들어가야 한다고 했다는 이야기, 동아일보 사회부장 시절 사장에게 술을 권하다가 술을 못 마신다고 하자 사장의 뺨을 때렸다는 이야기 등이 전해진다. 이런 술자리 경험은 작품에도 드러난다. 〈술 권하는 사회〉, 〈타락자〉, 〈운수 좋은 날〉, 〈사립정신병원장〉 등에는 술집에서 술 마시는 장면이 자세히 묘사되어 있다.

1929년 7월 8일부터 12일까지 경주를 답사하고 동아일보에 그 기행문을 연재한다. 이어 1932년에는 단군 유적을 순례하고 돌아와 〈단군 성적 순례〉라는 기행문을 동아일보에 연재한다. 단군과

관련된 성스러운 사적지를 순례하며 태백산, 보현사, 비로봉, 동명왕릉, 을지문덕묘, 마니산, 전등사 등을 기행한다. 이러한 여행의 경험은 훗날 《무영탑》과 같은 역사소설을 창작하는 데에 영향을 미쳤을 것이다.

문루를 지나서니 유명한 다보탑과 석가탑이 눈앞에 나타난다. 이 두 탑은 물론 돌로 된 것이다. 그렇다! 그것은 만져보아도 돌이요 두드려보아도 돌임에 틀림이 없다. 그러나 석가탑은 오히려 그만둘지라도, 다보탑이 돌로 되었다는 것은 아무리 하여도 눈을 의심 않을 수 없었다. 연한 나무가 아니요 물신물신한 밀가루 반죽도 아니고, 육중하고 단단한 돌을 가지고야 저다지도 곱고 어여쁘고 의젓하고 아름답고 빼어나고 공교롭게 잔손질을 할 수 있으랴! 만일 그 탑을 만든 원료가 정말 돌이라면 신라 사람은 돌을 돌같이 쓰지 않고 마치 콩고물이나 팥고물처럼 맘대로 뜻대로 손가락 끝에 휘젓고 주무르고 하는 신통력을 가졌던 것이다. 귀신조차 놀라고 울리게 하는 재주란 것은 이런 솜씨를 두고 이름이리라.

현진건, 〈단군 성적 순례〉(《동아일보》 1929년 8월 15일자)에서

일장기 말소 사건으로 투옥되다

현진건은 기자로서의 사명감도 남달랐다고 한다. 시대일보, 동아

일보, 조선일보 등으로 자리를 옮기며 기자와 사회부장으로 활동했다. 특히 현진건은 기사의 제목을 붙이는 것에 탁월한 능력이 있었다고 한다. 그가 1936년 동아일보 사회부장으로 있을 때 '일장기 말소 사건'이 있었는데, 그는 이 사건으로 6개월간 복역했다. '일장기 말소 사건'이란 동아일보가 베를린 올림픽의 마라톤 우승자인 손기정 선수의 사진을 그대로 싣지 않고 유니폼에 그려진 일장기를 없앤 사진을 신문에 게재한 사건을 말한다.

이후 언론계를 떠나 작품 창작에 몰두했으나 기울어진 가세와 암담한 시대 상황으로 고생한다. 1932년 셋째 형 현정건이 독립운동을 하다가 사망한 뒤 형수마저 목숨을 잃고, 1934년에는 양어머니까지 잃게 된다. 1937년 기자직에서 물러나면서 부암동으로 거처를 옮겨 닭을 기르기 시작한다. 그러나 주위에 모인 친구들이 술 마시기를 좋아하는 사람들이라, 달걀을 낳으면 술안주로 쓰고 병든 닭이 있으면 친구들과 함께 나눠 먹으니 이윤이 남을 리가 없었을 것이다.

암울한 시대가 그를 병들게 하다

1940년에 동아일보에 연재하던 《흑치상지》가 검열로 인해 강제로 중단되었으며, 단편소설집 《조선의 얼굴》은 금서가 되고 만다. 1941년에는 《선화공주》를 연재하다가 미완성으로 끝내게 된다. 이러한 상황에서 그는 더욱 술에 의지하게 된다. 조선 사회라는 것이 현진건에게 술을 권하니, 술을 아니 마실 수 없었던 것이다. 집안은 어려워지고 검열로 연재가 중단되니, 창작을 할 수 없는 상황. 속이 상해 술을 마시고, 술을 마시니 병이 나서 글을 쓸 수 없는 악순환. 그러니까 1940년대의 조선 사회라는 것이 현진건을 병들게 한 것이다.

1943년 3월, 무남독녀 외동딸 현화수는 현진건의 문학적 동지이자《백조》동인 활동을 같이했던 박종화의 아들과 결혼한다. 주례는 최남선이었는데, 당시에도 이들의 결혼은 문인들 사이에서 큰 화제였다고 한다. 그러나 딸의 결혼 한 달 뒤인 4월 23일, 현진건은 장결핵으로 사망하고 만다. 화장하라는 그의 유언에 따라 그의 유골이 과천 선영에 묻혔다. 그런데 1970년대에 그곳이 개발되면서 묘를 이장해야 했을 때, 그의 절친이자 사돈인 박종화가 유해를 거둬 한강에 뿌린다. 그럼으로써 현진건의 육신은 그의 호처럼 무로 사라지게 되었다.

현진건의
작품 세계

현진건은 1920년 〈희생화〉부터 1941년 《춘추》에 연재하다가 중단한 《선화공주》까지 27편의 소설을 발표했다. 많지 않은 작품이지만 근대 한국 단편소설의 기틀을 다지는 데 큰 영향을 미친 그의 작품들을 연구자들은 시기에 따라 크게 세 부분으로 나눈다. 초기의 〈빈처〉와 같은 자전적 소설, 중기의 〈운수 좋은 날〉과 같은 사실주의 소설, 후기의 《무영탑》과 같은 역사장편소설로 분류한다. 그래서 그의 작품들을 발표 순서대로 읽으면 현진건 소설의 변화과정을 느낄 수 있어 흥미롭다.

자전적인 신변소설

현진건의 첫 소설은 〈희생화〉(1920년 11월)로, 누이의 자유연애를 동생인 '나'의 눈을 통해 서술하고 있다. 아버지를 잃고 어려운 가정 형편 속에서도 '나'와 누이는 신식학교에서 교육을 받는다. 누이는 같은 학교의 남학생과 사랑에 빠지게 되고 둘은 결혼을 약속한다. 그러나 남자의 할아버지가 집안에서 정한 혼담을 밀어붙이며 누이와의 결혼을 완강히 반대하자 남자는 유학을 떠나고, 누이는 그 상실감 때문에 죽게 된다. 가부장적이며 보수적인 집안의 반대로 누이의 사랑이 좌절되면서, "묵고 썩은 관습이" 누이를 죽게 한 것이다. 현진건은 상반된 두 집안의 모습을 통해 봉건적 사회질서를 비판하고 있다. 그러나 이 작품은 큰 주목을 받지 못했다.

현진건이 문단으로부터 호평을 받은 작품은 1921년 1월에 발표한 〈빈처〉이다. 이 작품은 유학까지 다녀온 지식인 남편이 "보수 없는 독서와 가치 없는 창작"을 하며 아내에게 의존한 채 살아가는 모습을 사실적으로 보여준다. 뒤이어 발표한 〈술 권하는 사회〉(1921년 11월), 〈타락자〉(1922년 1~4월) 모두 지식인 남편과 생계를 책임지는 아내의 갈등을 토대로 이야기가 전개된다. 〈빈처〉보다 〈술 권하는 사회〉에서 부부의 갈등이 심화된다. 또 〈타락자〉에서 남편은 술과 '춘심'이라는 기생에 빠지게 되고 결국 임신한 아내에게 성병을 옮기며 몰락하게 된다.

〈빈처〉, 〈술 권하는 사회〉, 〈타락자〉는 현진건의 초기 대표작으로 주제, 등장인물의 처지, 갈등 양상 등이 비슷하다. 그래서인지 현진건은 이 세 작품을 묶어 단편집 《타락자》를 발표하기도 했다. 이 세 작품에 등장하는 남편은 모두 일제강점기라는 사회 속에서 유학까지 다녀온 지식인으로, 그들은 출세를 원하지만 사회의 벽에 가로막혀 좌절한다. 겉으로는 경제적인 이유로 아내와 남편이 갈등하는 것처럼 보이지만, 유학까지 다녀와 출세를 하고자 하는 당시의 지식인들이 기존의 사회에 편입되지 못하고 좌절하는 과정을 그리고 있다. 이 작품들을 읽다 보면 3·1운동의 실패로 인한 무력감, 조선 시대 유교적 봉건 질서와 근대사회의 새로운 가치관의 대립 등으로 혼란스러운 상황을 어렵지 않게 상상할 수 있다. 일본 유학을 다녀오면서 새로운 세상에 대한 갈망은 있으나 현실은 이를 충족해 주지 못하는 사회에서 좌절하는 세 작품 속 '남편'은 당대 지식인의 모습이자 현진건 자신의 모습이라 할 수 있을 것이다.

현진건의 초기작이라고 할 수 있는 〈빈처〉, 〈술 권하는 사회〉, 〈타락자〉는 당시의 지식인이 일제강점기 사회에서 좌절해 가는 과정을 사실적으로 보여준다. 여기에는 현진건 자신의 이야기가 많이 드러나 있어, 자전적 소설 같기도 하다. 그러다가 현진건은 점차 내면의 고민에서 벗어나 세상을 향해 눈을 돌리며, 가난하고 소외된 계층의 실상을 소설에 담기 시작한다.

단편소설의 기틀을 다진 사실주의 소설

현진건은 〈유린〉(1922년에 발표된 소설. 미완성이라 이후 논의에서는 제외함), 〈피아노〉, 〈우편국에서〉와 같은 소설을 발표하며 초기의 자전적 소설 경향에서 벗어나 사회 모순을 고발하고 인간성을 탐구하는 경향을 보인다. 이 시기의 작품들은 대략 아래와 같이 분류할 수 있다.＊

인간의 가식을 꼬집음
〈피아노〉(1922), 〈우편국에서〉(1923), 〈할머니의 죽음〉(1923),
〈동정〉(1926), 〈서투른 도적〉(1931)

그릇된 성 인식을 비판함
〈까막잡이〉(1924), 〈그리운 흘긴 눈〉(1924), 〈발〉(1924),
〈B사감과 러브레터〉(1925), 〈연애의 청산〉(1931)

가난으로 고통받는 시대상을 고발함
〈운수 좋은 날〉(1924), 〈불〉(1925), 〈사립정신병원장〉(1926),
〈고향〉(1926), 〈신문지와 철창〉(1929), 〈정조와 약가〉(1929)

＊ 이 부분은 현길언의 논의(《현진건》, 건국대학교출판부, 1995)를 따랐으나 작품 구분은 수정하고 보완함.

① 인간의 가식을 꼬집음

〈피아노〉는 이상적 가정이라는 환상에 사로잡힌 부부가 연주하지도 못하는 피아노를 들여놓고 기뻐하는 지식인 가정의 가식을 꼬집는 내용이다. 〈우편국에서〉는 잡지사에서 받은 어음을 현금으로 바꾸기 위해 우편국에 갔다가 자신의 차례가 아닌데 이를 속이고 돈을 받는 '나'를 부끄러워하는 이야기이다. 〈할머니의 죽음〉은 기력이 쇠한 할머니의 죽음을 기다리는 듯한 가족의 모습과 할머니의 병간호를 과장되게 보여주는 둘째어머니의 모습을 통해 가족의 부끄러운 모습을 비판하고 있다.

〈동정〉과 〈서투른 도적〉 또한 인간의 가식을 꼬집는 이야기이면서 당시의 가난한 하층민의 삶을 사실적으로 그린 작품이다. 〈동정〉은 싼값으로 인력거를 타게 된 '나'가 처음에는 힘들게 일하는 인력거꾼을 동정하지만, 미끄러운 길에 넘어지면서 인력거가 망가지자 '나'는 인력거꾼을 탓하며 제대로 값을 지불하지 않는다는 내용이다. 이기적인 '나'의 값싼 동정심을 비판하고 있는 작품이다. 〈서투른 도적〉에서 '나'는 병약한 아내를 위해 집안일을 봐줄 할멈을 집으로 들이며 잘해줄 듯하지만, 서투른 도적질을 하는 할멈을 집에서 내쫓는다. 이렇듯 '나'의 이중성을 꼬집는 이야기이다. 두 작품은 서술자인 '나'의 가식적인 모습을 풍자한 작품이라고 볼 수도 있고, 서술자의 관찰 대상인 '인력거꾼'과 '할멈'이라는 가난한 하층민의 삶을 보여주는 작품이라고 볼 수도 있다.

② 그릇된 성 인식을 비판함

〈까막잡이〉는 평소 자신의 외모 때문에 여학생을 멀리하던 '학수'가 친구의 꼬드김에 음악회에 가면서 생긴 사건을 소재로 한다. 학수는 음악회 중간 우연히 무대 뒤편에 서 있는데, 한 여학생이 자신의 눈을 가리고 '까막잡이' 놀이를 하게 된다. 여학생이 자신을 다른 사람으로 오해해서 생긴 일이었는데, 이 사건으로 학수는 그 여학생을 생각하며 뿌듯해한다.

〈그리운 흘긴 눈〉에서는 기생이었던 '나'가 자신의 지난 사랑 이야기를 서술한다. 부잣집 외동아들이 '나'에게 빠져 살림을 차리고, '나'는 그를 졸라 돈을 뜯어낸다. 그는 빚을 지게 되고 '나'에게 아편을 먹고 같이 죽자고 말한다. 죽을 생각이 없던 '나'는 그 순간 아편을 혀 밑에 숨기게 되는데, 죽기 직전 그것을 그에게 들키고, 그는 배신과 분노에 찬 얼굴로 무섭게 눈을 흘기며 죽는다.

〈발〉은 순사가 발 장수를 때려죽였다는 신문기사를 보여주며 독특하게 시작한다. 사람들은 모두 순사를 욕하지만 이면을 들여다보면 순사를 미워하지 못할 것이라면서, 그가 머물고 있던 여관의 주인 딸에 빠져 그런 일을 벌인 것이라는 후속 기사와 같은 형식의 소설이다.

〈B사감과 러브레터〉에서 B사감은 여학교 기숙사를 관리하고 있다. B사감은 남학생의 연애편지나 면회에 반감을 가지고 차단한다. 그러나 정작 B사감은 야밤에 기숙생에게 온 편지를 읽으며 우스짱스러운 장면을 연출한다. 깐깐한 독신주의자 B사감의 반전을 통해 그의 이중적인 모습을 풍자하고 있다.

〈연애의 청산〉은 고려 공산당 청년회 사건으로 3년간 감옥에 있던 '김형식'이 출소 일주일을 남기고 동지이자 애인인 박혜경에게 버림을 받는다는 내용이다.

이 작품들의 주인공은 사랑에 대해 그릇된 인식을 가지고 있다. 〈까막잡이〉의 '학수'는 자신의 얼굴이 못생겨서 여학생들이 자신을 싫어할 것이라고 판단한 후, 되려 자신이 여학생에게 관심이 없는 것이라고 말하면서 본능을 숨긴다. 〈B사감과 러브레터〉의 B사감 역시 본능을 감추고 이중적으로 행동한다. 〈그리운 흘긴 눈〉의 '나' 역시 부잣집 외동아들을 진심으로 사랑하지 않고 그의 재력을 빼돌릴 생각만 하다가, 죽을 때 분노와 배신감에 자신을 노려보던 그의 눈빛이 이제는 그립다고 말한다. 〈발〉에서 순사는 여관 주인의 딸에게 좋은 발을 사 주려다가 결국 발 장수와 시비가 붙어 살인을 저지르게 된다. 여관 주인의 딸과 김 주사는 어수룩한 순사를 속이고 농락하면서 자신에게 필요한 물건만 얻어내려고 한다.

자기 자신을 인정하지 못하고 삐뚤어진 애정관을 지닌 사람이 제대로 사랑할 수는 없을 것이다. 또한 자신을 사랑하는 상대의 마음을 이용하여 이익을 챙기려는 사랑이 오래갈 수는 없다. 현진건은 제대로 사랑하지 못하는 사람들을 보여주며, 사람을 사랑하며 사는 다양한 모습을 이야기한다.

③ 가난으로 고통받는 시대상을 고발함

인력거꾼 김 첨지의 아내가 가난 때문에 죽게 되는 하루를 그린 〈운수 좋은 날〉. 어린 나이에 시집온 순이가 낮에는 농사일에, 밤에는 남편의 성적 횡포에 시달리자 집에 불을 지르며 희열을 느끼는 〈불〉. W군은 돈을 벌기 위해 정신질환자 P군을 간호하지만 자신도 점점 정신이상자가 되어 P군을 죽이게 된다는 〈사립정신병원장〉. 땅을 빼앗기고 부모까지 잃게 된 '그'가 여기저기 떠돌다가 결국 고향으로 돌아왔지만 이미 그곳은 폐허가 되었다는 〈고향〉. 잔약한 늙은이가 손주에게 먹이기 위해 동냥한 밥을 싸려고 신문지 한 장을 주우려다 하필 경찰서장 집의 신문지여서 강도로 감옥에 들어가게 되는 〈신문지와 철창〉. 영양실조로 쓰러진 남편을 살리기 위해 아내가 한 의원에게 자신의 정조를 약값으로 치른다는 〈정조와 약가〉. 이 작품들은 하나같이 빈곤이 인간다운 삶을 위협하고 생명까지 위태롭게 하는 당시의 처절한 삶을 사실적으로 보여준다.

간혹 현진건의 소설에는 가난의 원인이나 갈등의 근본적 해결 방법이 나타나 있지 않다고 비판하기도 한다. 즉 "사회 속에 나타나는 문제들이 소재로 다루어져 있다는 것과 그것은 민족적 차원으로까지 확대 승화된 것이 아니라, 현상 자체의 재현에 충실하기만 했을 뿐이라는"[•] 것이다. 그러나 일제강점기라는 당시의 시대적 한계를

• 김중하, 〈현진건 문학에의 비판적 접근〉, 신동욱 편,《현진건연구》, 새문사, 1989.

고려하지 않을 수 없다. 검열로 연재가 강제 중단되거나 금서가 되기도 하는 상황에서 현상의 재현 자체만으로도 큰 의미가 있기 때문이다. 현진건은 이러한 작품을 통해 당시의 사회 현실이 얼마나 비참하고 처절했는지를 사실적으로 고발하고 있다.

민족정신을 담은 역사장편소설

현진건의 첫 장편소설은 1923년 2월부터 10월까지 《개벽》에 연재하고 이를 묶고 보태어 1925년에 출간한 《지새는 안개》이다. 이 작품은 삼각관계를 다룬 연애소설로, 반도일보 기자인 김창섭에 대한 묘사에서 자전적인 모습도 엿볼 수 있다. 이어 단편소설을 발표하다가 1933년 12월 20일부터 1934년 6월 17일까지 《적도》를 동아일보에 연재하고, 1939년에 단행본으로 묶어 출간했다. 《적도》는 욕망을 좇아 살아가는 박병일의 삶을 통해 통속적인 삶을 벗어나 새로운 희망을 찾아가는 과정을 그린 작품이다.

1930년대는 시대가 더욱 암울해지면서 소설을 발표하는 것조차 어려워진다. 현진건 개인으로도, 독립운동을 하던 셋째 형이 감옥에서의 후유증으로 1932년에 사망하고, 이어 형수의 자살, 양어머니의 사망 등을 겪게 된다. 1936년 '일장기 말소 사건'으로 투옥된 후 동아일보를 사직하면서 가세는 더욱 기울고, 양계를 시작하지만 이 일 또한 생활고를 해결해 주지 못한다. 시대의 아픔과 개인사의 아픔을 술로 달랠 수밖에 없는 상황에서 몸이 많이 망가진다.

이러한 상황에 한동안 소설을 발표하지 못하다가, 1938년 7월 20일부터 1939년 2월 7일까지 동아일보에 신라 경덕왕 때를 배경으로 한 《무영탑》을 연재한다. 표면적으로는 아사달과 아사녀의 전설을 제재로 한 이성 간의 사랑 이야기이지만, 신라 경덕왕 때의 시대상을 재현하면서 식민지 시대 상황을 교묘히 보여주는 작품이다. 분열된 계층의 화합을 통해 새로운 시대로 나아가자는 주제를 담고 있다.

이어 백제의 재건을 꿈꾸는 '흑치상지'라는 영웅의 이야기를 담은 《흑치상지》를 연재하지만 일제의 강압으로 연재가 강제로 중단된다. 1941년 4월부터 9월까지 《선화공주》를 연재하다가 일제의 검열과 나빠진 건강으로 인해 미완성으로 끝내게 된다. 그는 이러한 역사소설을 통해 당대의 현실을 말하고자 했다. 대체로 그의 역사소설의 배경은 삼국시대이다. 이 시대를 배경으로 한 것은 그 시대의 모순이 일제강점기의 시대 상황과 다르지 않았기 때문일 것이다. 그는 역사를 통해 일제강점기를 극복하고 어떻게 새로운 시대로 나아가야 하는지를 이야기하고 싶어서 역사소설을 쓴 것이리라.

현진건 작품 읽기

술 권하는 사회

피　　아　　노

할머니의 죽음

운수 좋은 날

고　　　　　향

술 권하는 사회

"아이그, 아야."

홀로 바느질을 하고 있던 아내는 얼굴을 살짝 찌푸리고, 가늘고 날카로운 소리로 부르짖었다. 바늘 끝이 왼손 엄지손가락 손톱 밑을 찔렀음이다. 그 손가락은 가늘게 떨며 하얀 손톱 밑으로 앵둣빛 같은 피가 비친다. 그것을 볼 사이도 없이, 아내는 얼른 바늘을 빼고 다른 손 엄지손가락으로 그 상처를 누르고 있다. 그러면서 하던 일가지*를 팔꿈치로 고이고이 밀어 내려놓았다. 이윽고 눌렀던 손을 떼어보았다. 그 언저리는 인제 다시 피가 아니 나려는 것처럼 혈색이 없다. 하더니, 그 희던 꺼풀 밑에 다시금 꽃물이 차츰차츰 밀려온다. 보일 듯 말 듯한 그 상처로부터 좁쌀 낟* 같은 핏방울이 송송 솟는다. 또 아니 누를 수 없다. 이만하면 그 구멍이 아물었으려니 하고 손을 떼면, 또 얼마 아니 되어 피가 비치어 나온다.

* 일가지 일의 한 가지. 일거리.
* 낟 곡식의 알.

인제 헝겊 오락지*로 처매는* 수밖에 없다. 그 상처를 누른 채, 그는 바느질고리*에 눈을 주었다. 거기 쓸 만한 오락지는 실패 밑에 있다. 그 실패를 밀어내고 그 오락지를 두 새끼손가락 사이에 집어 올리려고 한동안 애를 썼다. 그 오락지는 마치 풀로 붙여둔 것같이 고리 밑에 착 달라붙어, 세상* 집혀지지 않는다. 그 두 손가락은 헛되이 그 오락지 위를 긁적거리고 있을 뿐이다.

"왜 집혀지지를 않아!"

그는 마침내 울 듯이 부르짖었다. 그리고 '그것을 집어 줄 사람이 없나' 하는 듯이 방 안을 둘러보았다. 방 안은 텅 비어 있다. 어느 뉘 하나 없다. 호젓한 허영(虛影)*만 그를 휩싸고 있다. 바깥도 죽은 듯이 고요하다. 시시로 퐁퐁하고 떨어지는 수도의 물방울 소리가 쓸쓸하게 들릴 뿐. 문득 전등불이 광채를 더하는 듯하였다. 벽에 걸린 괘종*의 거울이 번들하며, 새로* 한 점(點)*을 가리키려는 시침이 위협하는 듯이 그의 눈을 쏜다. 그의 남편은 그때껏 돌아오지 않았었다.

---

* 오락지 오라기. 실, 헝겊 등의 가늘고 긴 조각.
* 처매다 친친 감아서 매다.
* 바느질고리 바늘, 실, 골무, 헝겊 따위의 바느질 도구를 담는 그릇.
* 세상 도무지, 조금도.
* 허영 빈 그림자.
* 괘종 시간마다 종이 울리는, 추가 달린 벽시계.
* 새로 (12시를 넘긴 시각 앞에 쓰여) 시각이 시작됨을 이르는 말.
* 점 예전에, 시각을 세던 단위. 괘종시계의 종 치는 횟수로 세었다.

아내가 되고 남편이 된 지는 벌써 오랜 일이다. 어느덧 칠팔 년이 지났으리라. 하건만 같이 있어 본 날을 헤아리면 단 일 년이 될락 말락 한다. 막 그의 남편이 서울서 중학을 마쳤을 제 그와 결혼하였고, 그러자마자 고만 동경에 부급한˚ 까닭이다. 거기서 대학까지 졸업을 하였다. 이 길고 긴 세월에 아내는 얼마나 괴로웠으며 외로웠으랴! 봄이면 봄, 겨울이면 겨울…… 웃는 꽃을 한숨으로 맞았고, 얼음 같은 베개를 뜨거운 눈물로 덥히었다. 몸이 아플 때, 마음이 쓸쓸할 제, 얼마나 그가 그리웠으랴!

그렇건만 아내는 이 모든 고생을 이를 악물고 참았었다. 참을 뿐이 아니라 달게 받았었다. 그것은 '남편이 돌아오기만 하면……' 하는 생각이 그에게 위로를 주고 용기를 준 까닭이었다. 남편이 동경에서 무엇을 하고 있나? 공부를 하고 있다. 공부가 무엇인가? 자세히는 모른다. 또 알려고 애쓸 필요도 없다. 어찌하였든지, 이 세상에 제일 좋고 제일 귀한 무엇이라 한다. 마치 옛날 이야기에 있는 도깨비의 부자방맹이˚ 같은 것이거니 한다. 옷 나오라면 옷 나오고, 밥 나오라면 밥 나오고, 돈 나오라면 돈 나오고……. 저 하고 싶은 무엇이든지, 청해서 아니 되는 것이 없는 무엇을, 동경에서 얻어가지고 나오려니 하였었다.

• 부급하다 타향으로 공부하러 가다.
• 부자방맹이 도깨비방망이.

가끔 놀러 오는 친척들의 비단옷 입은 것과 금지환* 낀 것을 볼 때에, 그 당장엔 마음 그윽이 부러워도 하였지만, 나중엔 '남편이 돌아오면……' 하고 그것에 경멸하는 시선을 던지었다.

남편이 돌아왔다. 한 달이 지나가고 두 달이 지나간다. 남편의 하는 행동이 자기가 기대하던 바와 조금 배치되는 듯하였다. 공부 아니 한 사람보다 조금도 다른 것이 없었다. 아니다. 다르다면 다른 점도 있다. 남은 돈벌이를 하는데, 그의 남편은 도리어 집안 돈을 쓴다. 그러면서도 어디인지 분주히 돌아다닌다. 집에 들면 정신없이 무슨 책을 보기도 하고, 또는 밤새도록 무엇을 쓰기도 하였다.

'저러는 것이 참말 부자방맹이를 만드는 것인가 보다.'

아내는 스스로 이렇게 해석하였다.

또 두어 달 지나갔다. 남편이 하는 일은 늘 한 모양이었다. 한 가지 더한 것은, 때때로 깊은 한숨을 쉬는 것뿐이었다. 그리고 무슨 근심이 있는 듯이 얼굴을 펴지 않았다. 몸은 나날이 축이 나 간다.

'무슨 걱정이 있는고?'

아내도 따라서 근심을 하게 되었다. 그러고는 그 여윈 것을 보충하려고 갖가지로 애를 썼다. 곧, 될 수 있는 대로 그의 밥상에 맛난 반찬 가지를 붙게* 하며, 또 고음* 같은 것도 만들었다. 그런 보람도

* 금지환 금으로 만든 가락지.
* 붙다 많아지다.
* 고음 곰. 고기나 생선을 진한 국물이 나오도록 푹 삶은 국.

없이, 남편은 '입맛이 없다' 하며 그것을 잘 먹지도 않았었다.

또 몇 달 지나갔다. 인제 출입을 뚝 끊고 늘 집에 붙어 있다. 걸핏하면 성을 낸다. 입버릇 모양으로 '화난다, 화난다' 하였다.

어느 날 새벽, 아내가 어렴풋이 잠을 깨어 남편이 누웠던 자리를 더듬어보았다. 쥐이는 것은 이불자락뿐이다. 잠결에도 조금 실망을 아니 느낄 수 없었다. 잃은 것을 찾으려는 것처럼 눈을 부스스 떴다. 책상 위에 머리를 쓰러뜨리고, 두 손으로 그것을 움켜쥐고 있는 남편을 보았다. 흐릿한 의식이 돌아옴을 따라, 남편의 어깨가 들썩들썩 움직임도 깨달았다. 흑흑 느끼는 소리가 귀를 울린다. 아내는 정신을 바짝 차리었다. 불현듯 몸을 일으켰다. 이윽고 아내의 손은 가볍게 남편의 등을 흔들며, 목에 걸리고 잘 나오지 않는 소리로,

"왜 이러고 계셔요?"

라고 물어보았다.

"……."

남편은 아무 대답이 없다. 아내는 손으로 남편의 얼굴을 괴어 들려고 할 즈음에, 그것이 뜨뜻하게 눈물에 젖는 것을 깨달았다.

또 한 두어 달 지나갔다. 처음처럼 다시 출입이 잦아졌다. 구역이 날 듯한 술 냄새가, 밤늦게야 돌아오는 남편의 입에서 나게 되었다. 그것은 요사이 일이다. 오늘 밤에도 지금까지 돌아오지 않았다. 초저녁부터 아내는 별별 생각을 다 하면서 남편을 고대고대

하고[*] 있었다. 지루한 시간을 속히 보내려고, 치웠던 일가지를 또 꺼내었다. 그것조차 뜻같이 아니 되었다. 때때로 바늘이 헛되이 움직이었다. 마침내 그것에 찔리고 말았다.

"어데를 가서 이때껏 오시지 않아!"

아내는 인제 아픈 것도 잊어버리고 짜증을 내었다. 잠간 그를 떠났던 공상과 환영이 다시금 그의 머리에 떠돌기 시작하였다. 이상한 꽃을 수놓은 흰 보(褓) 위에 맛난 요리를 담은 접시가 번쩍인다. 여러 친구와 술을 권커니 잡거니 하는 광경이 보인다. 어떤 기생년이 애교가 흐르는 웃음을 띠고 살근살근 제 남편에게로 다가드는 꼴이 보인다. 그의 남편은 미친 듯이 껄껄 웃는다. 나중에는 검은 휘장이 스르르 덮히는 듯이 그 모든 것이 사라져버리더니, 낭자한[*] 요리상만이 보이기도 하고, 술병만 희게 빛나기도 하고, 아까 그 기생이 한 팔로 땅을 짚고 진저리를 쳐가며 웃는 꼴이 보이기도 하였다. 또는 남편이 길바닥에 쓰러져 우는 것도 보이었다.

"문 열어라!"

문득 대문이 덜컥하고, 혀가 꼬부라진 소리로 부르는 듯하였다.

"녜."

저도 모르게 대답을 하고 급히 마루로 나왔다. 잘못 신은, 발에

---

[*] 고대고대하다 몹시 애타게 기다리다.
[*] 낭자하다 여기저기 흩어져 어지럽다.

아니 맞는 신을 질질 끌면서 대문으로 달렸다. 중문은 아직 잠그지도 않았고 행랑방에 사람이 없지 않지마는, 의례히 깊은 잠에 떨어졌을 줄 알고 자기가 뛰어나감이었다. 가느다란 손이 어둠 속에서 히게˚ 빗장을 잡고 한참 실랑이를 한다. 대문은 열렸다.

밤바람이 선득하게 얼굴에 안친다˚. 문 밖에는 아무도 없다! 온 골목에 사람의 그림자도 볼 수 없다. 검푸른 밤빛이 허연 길 위에 그물그물 깃들었을 뿐이었다.

아내는 무엇에 놀란 사람 모양으로 한참 멀거니 서 있었다. 문득 급거히˚ 대문을 닫친다˚. 마치 그 열린 사이로 악마나 들어올 것처럼.

"그러면 바람 소리였구면."

하고 싸늘한 뺨을 쓰다듬으며 해쭉 웃고 발길을 돌리었다.

'아니 내가 분명히 들었는데…… 혹 내가 잘못 보지를 않았나? 길바닥에나 쓰러져 있었으면 보이지도 않을 터야……'

중간문까지 다다르자, 별안간 이런 생각이 그의 걸음을 멈추게 하였다.

'대문을 또 좀 열어볼까? 아니야, 내가 헛들었지. 그래도

˚ 히게 세게.
˚ 안치다 앞으로 와 닥치다.
˚ 급거히 몹시 서둘러 급작스러운 모양.
˚ 닫치다 열린 문짝, 뚜껑, 서랍 따위를 꼭꼭 또는 세게 닫다.

혹…… 아니야, 내가 헛들었지.'

망상그리면서도˚ 꿈꾸는 사람 모양으로, 저도 모를 사이에 마루까지 올라왔다. 매우 기묘한 생각이 번개같이 그의 머리에 번쩍인다.

'내가 대문을 열었을 제 나 몰래 들어오지나 않았나?'

과연 방 안에 무슨 소리가 나는 것 같았다. 확실히 사람의 기척이 있다. 어른에게 꾸중 모시러˚ 가는 어린애처럼 조심조심 방문 앞에 왔다. 그리고 문간 아래로 손을 대며 하염없이 웃는다. 그것은 '제 잘못을 용서해 줍시사' 하는 어린애 같은 웃음이었다. 조심조심 방문을 열었다. 이불이 어째 움직움직하는 듯하였다.

'나를 속이려고 이불을 쓰고 누웠구면.'

하고 마음속으로 소곤거렸다. 가만히 내려앉는다. 그 모양이, '이것을 건드려서는 큰일이 나지요' 하는 듯하였다. 이불을 펄쩍 쳐들었다. 빈 요가 하얗게 드러난다. 그제야 확실히 아니 온 줄 안 것처럼,

"아니 왔구면, 안 왔어!"

라고 울 듯이 부르짖었다.

남편이 돌아오기는 새로 두 점을 훨씬 지난 뒤였다. 무엇이 털

˚ 망상그리다 망설이다.
˚ 모시다 먹이다. 욕, 핀잔 따위를 듣게 하거나 당하게 하다.

썩하는 소리가 들리고 잇달아 "아씨, 아씨!"라고 부르는 소리가 귀를 때릴 때에야 아내는 비로소, 아직도 앉았을 자기가 이불 위에 쓰러져 있음을 깨달았다. 기실, 잠귀 어두운 할멈이 대문을 열었으리만큼, 아내는 깜박 잠이 깊이 들었었다. 하건만, 그는 몽경°에서 방황하는 정신을 당장에 수습하였다. 두어 번 얼굴을 쓰다듬자마자 불현듯 밖으로 나왔다.

남편은 한 다리를 마루 끝에 걸치고 한 팔을 베고 옆으로 누워 있다. 숨소리가 씨근씨근한다.

막 구두를 벗기고 일어난 할멈은 검붉은 상을 찡그려 붙이며,

"어서 일어나 방으로 들어가세요."

라고 한다.

"응, 일어나지."

나리는 혀를 억지로 놀리어 코와 입으로 대답을 하였다. 그래도 몸은 꿈쩍도 않는다. 도리어 그 개개풀린° 눈을, 자려는 것처럼 스르르 감는다. 아내는 눈만 비비고 서 있다.

"어서 일어나셔요. 방으로 들어가시라니까."

이번에는 대답조차 아니 한다. 그 대신, 무엇을 잡으려는 것처럼 손을 내젓더니,

• 몽경 꿈이나 꿈속.
• 개개풀리다 졸리거나 술에 취해서 눈빛이 흐려지다.

"물, 물, 냉수를 좀 주어."

라고 중얼거렸다.

할멈은 얼른 물을 떠다 이취자°의 코밑에 놓았건만, 그 사이에 벌써 아까 청(請)을 잊은 것같이, 취한 이는 물을 먹으려고도 않는다.

"왜 물을 아니 잡수셔요?"

곁에서 할멈이 깨우쳤다.

"응, 먹지 먹어."

하고 그제야 주인은 한 팔을 짚고 고개를 든다. 한꺼번에 물 한 대접을 다 들이켜 버렸다. 그러고는 또 쓰러진다.

"에그, 또 눕네."

하고 할멈은, 우물로 기어드는 어린애를 안으려는 모양으로 두 손을 내민다.

"할멈은 고만 가 자게."

주인은 귀찮다는 듯이 말을 한다.

'이를 어찌해' 하는 듯이 멀거니 서 있는 아내도, 할멈이 고만 갔으면 하였다. 남편을 붙들어 일으킬 생각이야 간절하지마는, 할멈 보는데 어찌 그럴 수 없을 것 같았다. 혼인한 지가 칠팔 년이 되었으니, 그런 파수(破羞)°야 되었으련만, 같이 있어 본 날을 꼽

• 이취자 정신을 차리지 못하고 몸을 못 가눌 정도로 술에 취한 사람.
• 파수 부끄러움이 없어지는 것.

43

아보면, 그는 아직 갓 시집온 색시였다.

'할멈은 가 자게.'

라는 말이 목까지 올라왔지만, 입술에서 사라지고 말았다. 마음 그윽이, 할멈이 돌아가기만 기다릴 뿐이었다.

"좀 일으켜 드려야지."

가기는커녕 이런 말을 하고 할멈은 선웃음을 치면서 마루로 부득부득 올라온다. 그 모양은 마치, '주인 나리가 약주가 취하시거든 방에까지 모셔다 드려야 제 도리에 옳지요.' 하는 듯하였다.

"자아, 자아."

할멈은 아씨를 보고 히히 웃어가며 나리의 등 밑으로 손을 넣는다.

"왜 이래, 왜 이래. 내가 일어날 테야."

하고 몸을 움직이더니, 정말 주인은 부스스 일어난다. 마루를 쾅쾅 눌러 디디며 비틀비틀 곧 쓰러질 듯한 보조(步調)*로 방문을 향하고 걸어간다. 와지끈하며 문을 열어젖히고는 방 안으로 들어간다. 아내도 뒤따라 들어왔다. 할멈은 중문 턱을 넘어설 제 몇 번 혀를 차고는 저 갈 데로 가버렸다.

벽에 엇비슷하게 기대서 있는 남편은, 무엇을 생각하는 듯이 고개를 숙이고 있다. 그의 말라붙은 관자놀이에 펄떡거리는 푸른 맥

---

* 보조 걸음걸이의 속도나 모양 따위의 상태.

(脈)을 아내는 걱정스럽게 바라보면서 남편 곁으로 다가온다. 아
내의 한 손은 양복 깃을, 또 한 손은 그 소매를 잡으며 화(和)한 목
성으로,

"자아, 벗으셔요."

하였다.

남편은 문득, 미끄러지는 듯이 벽을 타고 내려앉는다. 그의 쭉
뻗친 발끝에 이불자락이 저리로 밀려간다.

"에그, 왜 이리하셔요? 벗자는 옷은 아니 벗으시고."

그 서슬에 넘어질 뻔한 아내는 애달프게 부르짖었다. 그러면서
도 같이 따라 앉는다. 그의 손은 또 옷을 잡았다.

"옷이 구겨집니다. 제발 좀 벗으셔요."

라고 아내는 애원을 하며 옷을 벗기려고 애를 쓴다. 하나, 취한 이
의 등이 천근같이˚ 벽에 척 들러붙었으니 벗겨질 리가 없다. 애를
쓰다 쓰다 옷을 놓고 물러앉으며,

"원 참, 누가 술을 이처럼 권하였노?"

라고 짜증을 낸다.

"누가 권하였노? 누가 권하였노? 홍 홍."

남편은 그 말이 몹시 귀에 거슬리는 것처럼 곱삶는다˚.

* 천근같다 움직이기 힘들 정도로 매우 무겁다.
* 곱삶다 두 번 삶다. 여기서는 '두 번 되풀이하여 말하다.'라는 뜻.

"그래, 누가 권했는지 마누라가 좀 알아내겠소?"

하고 껄껄 웃는다. 그것은 절망의 가락을 띤 쓸쓸한 웃음이었다.

아내도 따라 방긋 웃고는 또 옷을 잡으며,

"자아, 옷이나 먼저 벗으셔요. 이야기는 나중에 하지요. 오늘 밤에 잘 주무시면 내일 아침에 알으켜 드리지요."

"무슨 말이야, 무슨 말이야? 왜 오늘 일을 내일로 미루어? 할 말이 있거든 지금 해!"

"지금은 약주가 취하셨으니, 내일 약주가 깨시거든 하지요."

"무엇? 약주가 취해서?"

하고 고개를 쩔레쩔레 흔들며,

"천만에. 누가 술이 취했단 말이요? 내가 공연히 이러지, 정신은 말뚱말뚱하오. 꼭 이야기하기 좋을 만해. 무슨 말이든지…… 자아."

"글쎄 왜, 못 잡수시는 약주를 잡수셔요? 그러면 몸에 축이 나지 않아요."

하고 아내는 남편의 이마에 흐르는 진땀을 씻는다.

이취자는 머리를 흔들며,

"아니야, 아니야. 그런 말을 듣자는 것이 아니야."

하고 아까 일을 추상(追想)하는˚ 것처럼, 말을 끊었다가 다시금 말

˚ 추상하다 지나간 일을 돌이켜 생각하다.

46

을 이어,

"옳지. 누가 나에게 술을 권했단 말이요? 내가 술이 먹고 싶어서 먹었단 말이요?"

"자시고 싶어 잡수신 건 아니지요. 누가 당신께 약주를 권하는지 내가 알아낼까요? 저…… 첫째는 화증이 술을 권하고, 둘째는 하이칼라°가 약주를 권하지요."

아내는 살짝 웃는다. '내가 어지간히 알아맞혔지요' 하는 모양이었다.

남편은 고소(苦笑)°한다.

"틀렸소. 잘못 알았소. 화증이 술을 권하는 것도 아니고, 하이칼라가 술을 권하는 것도 아니요. 나에게 권하는 것은 따로 있어. 마누라가, 내가 어떤 하이칼라한테나 홀려 다니거나 그 하이칼라가 늘 내게 술을 권하거니 하고 근심을 했으면 그것은 헛걱정이지. 나에게 하이칼라는 아무 소용도 없소. 나의 소용은 술뿐이요. 술이 창자를 휘돌아 이것저것을 잊게 맨드는 것을 나는 취(取)할 뿐이요."

하더니 홀연 어조를 고쳐 감개무량하게,

"아아, 유위유망(有爲有望)°한 머리를 알코올로 마비 아니 시킬

* 하이칼라 예전에, 서양식 유행을 따르던 멋쟁이를 이르던 말.
* 고소 쓴웃음. 어이가 없거나 마지못하여 짓는 웃음.
* 유위유망 쓸모도 있고 희망도 있음.

수 없게 하는 그것이 무엇이란 말이요?"

하고 긴 한숨을 내쉰다. 물큰물큰한˚ 술 냄새가 방 안에 흩어진다.

아내에게는 그 말이 너무 어려웠다. 고만 묵묵히 입을 다물었다. 눈에 보이지 않는 무슨 벽이 자기와 남편 사이에 갈리는 듯하였다. 남편과 말이 길어질 때마다 아내는 이런 쓰디쓴 경험을 맛보았다. 이런 일은 한두 번이 아니었다. 이윽고 남편은 기막힌 듯이 웃는다.

"흥, 또 못 알아듣는군. 묻는 내가 그르지, 마누라야 그런 말을 알 수 있겠소. 내가 설명을 해드리지. 자세히 들어요. 내게 술을 권하는 것은 화증도 아니고 하이칼라도 아니요. 이 사회란 것이 내게 술을 권한다오. 이 조선 사회란 것이 내게 술을 권한다오. 알았소? 팔자가 좋아서 조선에 태어났지, 딴 나라에 났더라면 술이나 얻어먹을 수 있나……."

사회란 것이 무엇인가? 아내는 또 알 수가 없었다. 어찌하였든, 딴 나라에는 없고 조선에만 있는 요릿집 이름이거니 한다.

"조선에 있어도, 아니 다니면 그만이지요."

남편은 또 아까 웃음을 재우친다˚. 술이 정말 아니 취한 것같이 또렷또렷한 어조로,

˚ 물큰물큰하다 냄새 따위가 자꾸 심하게 풍기는 듯하다.
˚ 재우치다 어떤 행동이 잇따라 진행되다.

"허허, 기막혀. 그 한 분자(分子)° 된 이상에야 다니고 아니 다니는 게 무슨 상관이야. 집에 있으면 아니 권하고, 밖에 나가야 권하는 줄 아는가 보아. 그런 게 아니야. 무슨 '사회'란 사람이 있어서, 밖에만 나가면 나를 꼭 붙들고 술을 권하는 게 아니야. 무어라 할까…… 저 우리 조선 사람으로 성립된 이 사회란 것이, 내게 술을 아니 못 먹게 한단 말이요. 어째 그렇소? 또 내가 설명을 해드리지. 여기 사회를 하나 꾸민다 합시다. 거기 모이는 사람놈 치고, 처음은 민족을 위하느니 사회를 위하느니 그러는데, 제 목숨을 바쳐도 아깝지 않다 아니 하는 놈이 하나도 없지. 하다가, 단 이틀이 못 되어, 단 이틀이 못 되어……."

한층 소리를 높이고 손가락을 하나씩 둘씩 꼽으며,

"되지 못한 명예 싸움, 쓸데없는 지위 다툼질, 내가 옳으니 네가 그르니, 내 권리가 많으니 네 권리 적으니…… 밤낮으로 서로 찢고 뜯고 하지. 그러니 무슨 일이 되겠소? 무슨 사업을 하겠소? 회(會)뿐이 아니지. 회사이고 조합이고…… 우리 조선 놈들이 조직한 사회는 다 그 조각이지. 이런 사회에서 무슨 일을 한단 말이오? 하려는 놈이 어리석은 놈이야. 적이° 정신이 바로 박힌 놈은, 피를 토하고 죽을 수밖에 없지. 그렇지 않으면 술밖에 먹을 게 도

* 분자 어떤 특성을 가진 인간의 개체. 주로 부정적 관점에서 쓰는 말.
* 적이 꽤 어지간한 정도로.

무지 없지. 나도 전자(前者)에는 무엇을 좀 해보겠다고 애도 써보았어. 그것이 모다 수포*야. 내가 어리석은 놈이었지. 내가 술을 먹고 싶어 먹는 게 아니야. 요사이는 좀 낫지마는, 처음 배울 때에는 마누라도 알다시피 죽을 애를 썼지. 그 먹고 난 뒤에 괴로운 것이야 겪어본 사람 아니면 알 수 없지. 머리가 지끈지끈 아프고, 먹은 것이 되돌아 올라오고…… 그래도 아니 먹은 것보담 나았어. 몸은 괴로워도 마음은 괴롭지 않았으니까. 그저 이 사회에서 할 것은 주정꾼 노릇밖에 없어…….”

“공연히 그런 말 말아요. 무슨 노릇을 못 해서 주정꾼 노릇을 해요! 남이라서…….”

아내는 부지불식간에 흥분이 되어, 열기(熱氣) 있는 눈으로 남편을 바라보고 불쑥 이런 말을 하였다. 그는 제 남편이 이 세상에서 가장 거룩한 사람이거니 한다. 따라서 어느 뉘보다 제일 잘될 줄 믿는다. 몽롱하나마 그의 목적이 원대하고 고상한 것도 알았다. 얌전하던 그가 술을 먹게 된 것은, 무슨 일이 맘대로 아니 되어 화풀이로 그러는 줄도 어렴풋이 깨달았다. 그러나 술은 노상 먹을 것이 아니다. 그러면 패가망신하고는 만다. 그러므로 하루바삐 그 화가 풀리었으면, 또다시 얌전하게 되었으면 하는 생각이 그의 머리를 떠날 때가 없었다. 그리고 그날이 꼭 올 줄 믿었었다.

* 수포 물거품. 노력이 헛되게 된 상태를 비유적으로 이르는 말.

오늘부터는, 내일부터는…… 하건만, 남편은 어제도 술이 취하였다. 오늘도 한 모양이다. 자기의 기대는 나날이 틀려간다. 좇아서, 기대에 대한 자신도 엷어간다. 애달프고 원통한 생각이 가끔 그의 가슴을 누른다. 더구나 수척해 가는 남편의 얼굴을 볼 때에 그런 감정을 걷잡을 수 없었다. 지금 저도 모르게 흥분한 것이 또한 무리가 아니었다.

"그래도 못 알아듣네그려. 참, 사람 기막혀. 본정신 가지고는 피를 토하고 죽든지 물에 빠져 죽든지 하지, 하루라도 살 수가 없단 말이야. 흉격˚이 막혀서 못 산단 말이야. 에엣, 가슴 답답해."
라고 남편은 소리를 지르고, 괴로워서 못 견디는 것처럼 얼굴을 찌푸리며 미친 듯이 제 가슴을 쥐어뜯는다.

"술 아니 먹는다고 흉격이 막혀요?"

남편의 하는 짓은 본체만체하고, 아내는 얼굴을 더욱 붉히며 부르짖었다.

그 말에 몹시 놀란 것처럼, 남편은 어이없이 아내의 얼굴을 바라보더니, 그다음 순간에는 말할 수 없는 고뇌의 그림자가 그의 눈을 거쳐 간다.

"그르지, 내가 그르지. 너 같은 숙맥˚더러 그런 말을 하는 내가

• 흉격 마음속, 가슴속.
• 숙맥 사리 분별을 못 하고 세상 물정을 잘 모르는 사람.

그르지. 너한테 조금이라도 위로를 얻으려는 내가 그르지. 후우.”

스스로 탄식한다.

“아아 답답해!”

문득 기막힌 듯이 외마디소리를 치고는 벌떡 몸을 일으킨다. 방
문을 열고 나가려 한다.

'왜 내가 그런 말을 하였던고?' 아내는 불시에 후회하였다. 남
편의 저고리 뒷자락을 잡으며 안타까운 소리로,

“왜, 어데를 가셔요? 이 밤중에 어데를 나가셔요? 내가 잘못하
였습니다. 인제는 다시 그런 말을 아니 하겠습니다. …… 그러게
내일 아침에 말을 하자니까…….”

“듣기 싫어. 놓아, 놓아요.”

하고 남편은 아내를 떠밀치고 밖으로 나간다. 비틀비틀 마루 끝까
지 가서는, 털썩 주저앉아 구두를 신기 시작한다.

“에그, 왜 이리하셔요? 인제 다시 그런 말을 아니 한대도…….”

아내는 뒤에서, 구두 신으려는 남편의 팔을 잡으며 말을 하였
다. 그의 손은 떨고 있었다. 그의 눈에는 단박에 눈물이 쏟아질 듯
하였다.

“이건 왜 이래? 저리로 가!”

뱉는 듯이 말을 하고 휙 뿌리친다. 남편의 발길이 뚜벅뚜벅 중
문에 다다랐다. 어느덧 그 밖으로 사라졌다. 대문 빗장 소리가 덜
컥하고 난다. 마루 끝에 떨어진 아내는 헛되이 몇 번 “할멈! 할

멈!"이라고 불렀다. 고요한 밤공기를 울리는 구두 소리는 점점 멀어간다. 발자취는 어느덧 골목 끝으로 사라져버렸다. 다시금 밤은 적적히 깊어간다.

"가버렸구면, 가버렸어!"

그 구두 소리를 영구히 아니 잃으려는 것처럼 귀를 기울이고 있는 아내는, '모든 것을 잃었다' 하는 듯이 부르짖었다. 그 소리가 사라짐과 함께 자기의 마음도 사라지고, 정신도 사라진 듯하였다. 심신(心身)이 텅 비어진 듯하였다. 그의 눈은 하염없이 검은 밤안개를 물끄러미 바라보고 있다. 그 사회란 독(毒)한 꼴을 그려보는 것같이.

이 쓸쓸한 새벽바람이 싸늘하게 가슴에 부딪친다. 그 부딪치는 서슬˚에, 잠 못 자고 피곤한 몸이 부서질 듯이 지긋하였다.

죽은 사람에게뿐 볼 수 있는 해쓱한 얼굴이 경련적으로 떨며 절망한 어조로 소근거렸다.

"그 몹쓸 사회가, 왜 술을 권하는고!"

《개벽》 1921년 11월호에 실린 작품을 바탕으로 함.

˚ 서슬 쇠붙이로 만든 연장이나 유리 조각 따위의 날카로운 부분을 이르는 말로, 강하고 날카로운 기세를 비유하는 말로도 쓰임.

작품 이해하기

〈술 권하는 사회〉가 1921년에 발표되었으니 이 작품이 나온 지 100년이 넘었다. 그런데 이 소설을 읽으면 오늘날 이야기라고 해도 어색하지 않을 정도로 지금의 사회와 많이 닮았다. 출발점이 다르고 공정한 기회가 주어지지 않는 사회, 한 번의 실패도 용납하지 않는 사회, 개인의 능력으로는 극복이 불가능할 정도로 벌어진 빈부 격차의 사회 모습은 100년 전과 지금이 크게 다르지 않다.

이 소설은 3인칭 관찰자 시점이지만 '아내'의 눈으로 '남편'의 모습을 보여준다. 아내와 남편은 결혼한 지 7~8년이 되었다. 하지만 남편이 결혼을 하자마자 동경으로 유학을 떠났기에 같이 산 지는 1년 남짓이다.

그동안 아내는 혼자 삯바느질을 하면서 생계를 이어나간다. 그러면서 아내는 남편이 돌아오기만 하면 부유하게 살 것이라고 믿는다. 그러나 돌아온 남편의 모습은 아내가 기대한 것과 많이 다르다. 돈을 벌어오기는커녕 집에 있는 돈을 쓰기 바쁘다. 책을 보고 글을 쓰면서 괴로워한다. 한숨은 늘었고 머리를 움켜쥐며 울기도 한다. 밤늦게 술을 마시고 만취한 채 집에 들어온다. 아내는 그런 남편의 모습을 이해할 수가 없다.

아내는 남편이 왜 술을 마시는지 이해하지 못한다. 누가 술을 이렇게 권했냐며 아내가 한탄하면, 남편은 '절망의 가락을 띤 쓸쓸한 웃음'을 띠며 술로 자신의 머리를 마비시켜야만 살 수 있다고 말한다. '이 조선 사회란 것이 내게 술을 권한다'고 말한다. 남편은 조선 사회에 적응하지 못하고 술을 마시며 현실을 회피할 수밖에 없다. 하지만 아내는 남편의 말을 이해하지 못하고, 절망한 어조로 '그 몹쓸 사회가, 왜 술을 권하는고!'라고 소곤거릴 뿐이다.

우리는 남편의 입을 통해 당시 조선 사회 지식인들의 모습을 엿볼 수 있다. 남편은 민족과 사회를 위해 무엇을 좀 해보려고 애써보지만 번번이 실패한다. 같은 가치를 위해 모인 사람들이 명예, 지위, 정의, 권리를 두고 다투기 때문이다. 민족과 사회를 위해 자신의 목숨까지 버릴 수 있다고 말하지만 결국은 자신의 이익 때문에 싸운다. 결국 모임이니, 회사니, 조합이니 이런 것들이 와해되고 파산을 겪게 된다. 조선 사회를 위해 무엇인가를 해보려는 남편은 좌절하고 절망한다. 그래서 또다시 쓸데없는 희망이 생기려는 머리를 마비시키기 위해서 술을 마실 수밖에 없다. 술을 마시면 몸은 힘들지만 마음은 괴롭지 않기 때문이다. 아무것도 되지 않는, 자신의 뜻이 번번이 좌절되는 혼란스러운 사회에서 할 수 있는 건 주정꾼 노릇밖에는 없다.

남편은 유학을 통해 배운 것들을 펼쳐서 일차적으로는 돈을 벌어 가정 경제에 도움이 되고 싶었을 것이다. 좀 더 나아가 조선 사회가 건설적인 방향으로 나아가는 데에 일조하고 싶었을 것이다. 궁극적으로는 봉건적인 관습을 깨뜨리고 일제강점기의 괴로운 현실을 타파하여 새로운 시대를 열고 싶은 원대한 꿈이 있었을 것이다. 그리고 그것은 비단 '남편'만의 꿈이 아니라 당대를 살았던 젊은 지식인들의 꿈이기도 했을 것이다.

그러나 남편의 꿈은 당대의 조선 사회로 인해 좌절되는데, 이는 기존의 사회 시스템 때문이다. 명예나 지위를 두고 다투는 구성원 때문이고, 봉건사회로부터 공고히 이어진 기득권이 새로운 지식인들을 사회에 편입시키지 않기 때문이다. 그래서 새로운 사회를 갈망하는 사람들은 흉격이 막혀 살 수가 없고, 술을 마시는 일밖에는 할 수가 없는 것이다.

우리는 이 소설을 통해 새로운 세대가 겪는 좌절과 절망을 읽을 수 있다. 기득권과 사회구조에 막혀 자신의 역량과 욕망이 좌절된 '남편'의 모습은 비단 100년 전만의 모습은 아닐 것이다.

작품 깊이읽기

공부란 도깨비방망이 같은 것

아내는 남편이 왜 유학을 갔고, 유학을 가서 무엇을 배웠고, 배운 것으로 무엇을 할 수 있는지 정확히는 모른다고 한다. 그녀는 공부가 무엇인지 자세히 모르며, 또 알려고도 하지 않는다. 그녀는 공부란 도깨비방망이 같은 것이라 믿는다. 세상에서 제일 좋고 귀한 것이며, 원하는 것은 무엇이든지 얻을 수 있게 해주는 것이라고 알고 있다. 그러니까 그녀에게 공부란 돈을 벌게 하는 수단이고, 비단옷과 금가락지를 살 수 있게 해주는 것이다.

아내는 정확한 현실 인식보다는 자신의 이익에 더 관심이 많고, 거짓이나 꾸밈이 없이 순수한 사람이다. 그래서 이런 아내의 눈에 비친 남편의 모습은 도저히 이해가 되지 않는다.

남편이 돌아왔다. 또 한 두어 달 지나갔다

유학에서 돌아온 남편은 돈벌이도 못 하고 오히려 집안 돈을 쓰면서 분주히 돌아다닌다. 그리고 책을 읽고 글을 쓰면서, 가끔 깊은 한숨을 쉬면서 근심

걱정이 있는 얼굴을 한다. 그러다 이제는 밖으로 나가지도 않고 집에서 화를 내고 밤에 울기도 한다. 또 밤새 술을 마시고 만취한 채 집으로 들어오곤 한다. 남편의 이런 일련의 모습은, 아내의 눈에는 남편이 회(會)를 만들고 좌절하는 과정이다. 이러한 과정을 남편의 입이 아니라 아내의 눈을 통해 간접적으로 보여주고 있다.

유위유망한 머리를 알콜로 마비시킬 수밖에

만취한 채 들어오는 남편을 보며 아내는 남편이 같이 어울리는 사람들한테 홀려서 술을 마신다고 생각한다. 그러나 그 이야기를 들은 남편은 절망의 가락을 띤 쓸쓸한 웃음으로 한숨을 쉬면서 말한다. 술을 마셔야 이것저것을 잊을 수 있고, 유위유망한 머리를 마비시킬 수 있다고.

남편은 무언가를 해보려고 했으나 좁쌀만 한 이익을 좀 더 취해보겠다고 물고 뜯고 싸우는 사람들을 보면서 좌절한다. 무엇인가를 해보겠다는 '능력이 있어 쓸모가 있으며 앞으로 잘될 듯한 희망이나 전망이 생기려는 가능성'을 술로 마비시킨다. 유위유망한 머리를 알콜로 마비시키는 것이다. 남편의 회피 수단이 곧 술이다. 술로 현실을 회피하는 것이다.

그 몹쓸 사회가, 왜 술을 권하는고!

아내는 남편이 술 마시는 이유를 이해할 수가 없다. 사회가 술을 마시게 한다니까 '사회'라는 술집이 있다고 생각할 정도로 아내는 순박하고 사회를 잘 모른다. 남편이 술에 취해 몸을 망치고 주정꾼이 되는 것이 괴롭고, 기울어가는 가세도 걱정이다. 그러나 아내가 고작 할 수 있는 일이란 미뤄두었던 삯바느질을 하는 것, 다시 술 마시러 나가는 남편의 뒷모습에 대고 '그 몹쓸 사회가, 왜 술을 권하는고!'라고 말하는 것밖에는 달리 할 수 있는 것이 없다.

남편은 경제적으로 무능하고 가정에 도움이 되지 못한다. 이것 역시 남편이 술을 마시는 이유 중 하나일 것이다. 남편도 잘해보고 싶고 돈도 많이 벌고 싶으나 현실에서는 자신의 이상을 펼칠 수 없다. 아내도, 사회도 자신의 심정을 이해하지 못하기에 남편은 오늘도 술을 마실 수밖에 없다고 탄식하며 또다시 집을 나간다.

〈빈처〉와 〈타락자〉

〈빈처〉, 〈술 권하는 사회〉, 〈타락자〉의 순서로 발표된 세 작품은 여러 면에서 비슷한 점이 많다. 유학을 다녀왔지만 사회에 적응하지 못하고 좌절하는 '남편'과 이를 지켜보는 '아내'가 등장한다는 점이 그러하다. 실제로 현진건은 일본과 중국으로 유학을 다녀왔고, 유학 중 결혼까지 했다. 이러한 체험이 세 소설에 그대로 반영되었다고 볼 수 있다.

〈빈처〉에서는 좌절하는 청년 지식인의 모습을 아내와 남편의 갈등으로만 그려냈다. 돈을 벌고 싶지만 그러지 못하는 한계를 가정 내에서 그리고 있다면, 〈술 권하는 사회〉에서는 그 원인을 사회에 두고 있다. 술을 마실 수밖에 없는 상황을 사회 탓으로 돌리는 것이다. 〈타락자〉로 가면 모든 것을 자포자기한 채 기생과 술에만 의지하는 주인공이 어떻게 가정을 망가뜨리는지를 보여준다.

세 작품은 한 편의 연재소설처럼 이어지는데, 시간이 지날수록 점점 해결되지 않는 문제적 상황을 보여준다. 이는 당시의 시대 상황에 대한 작가의 심화된 문제의식을 보여주는 것이라고 볼 수 있다.

술 권하는 사회

피　아　노

할머니의 죽음

군수 좋은 날

고

향

피아노

궐(厥)°은 가정의 단란에 흠씬 심신을 잠그게 되었다.

보기만 하여도 지긋지긋한 형식상의 아내가, 궐이 일본 ×××
대학을 졸업하자마자 불의에 죽고 말았다. 궐은 중등교육을 마친
어여쁜 처녀와 신식 결혼을 하였다. 새 아내는 비스듬히 가른 머
리와 가벼이 옮기는 구두 신은 발만으로도 궐에게 만족을 주고 남
았다. 게다가 그 날씬날씬한 허리와 언제든지 생글생글 웃는 듯한
눈매를 바라볼 때에, 궐은 더할 수 없는 행복을 느꼈다. 살아서 산
보람이 있었다.

부모의 덕택으로 궐은 날 때부터 수만 원 재산의 소유자였다.
수년 전 부친이 별세하시매, 무서운 친권의 압박과 구속을 벗어난
궐은, 인제 맏형으로부터 제 목아치°를 타게도 되었다. 새 아내의
따뜻한 사랑을 알뜰살뜰히 향락하기 위함에, 번루° 많고 방해 많
은 고향 ××부를 떠난 궐은, 바람 끝에 꽃 날리는 늦은 봄에 서울

° 궐 '그'를 뜻하는 삼인칭 대명사.
° 목아치 몫.
° 번루 번거로운 근심과 걱정.

에서 새살림을 차리기로 하였다.

우선 한 스무남은 칸 되는 집을 장만한 그들은, 다년의 동경대로, 포부대로 이상적 가정을 꾸미기에 노력하였다. 마루는, 한복판에 도화심목(桃花心木)˚ 테이블을 놓고 그 주위를 소파로 둘러 응접실로 만들었다. 그리고 안방은 침실, 건넌방은 서재, 뜰아랫방은 식당으로 정하였다. 놋그릇은 위생에 해롭다 하여 사기그릇, 유리그릇만 사용하기로 하고. 세간도 조선 의걸이˚, 삼층장 같은 것은 거창스럽다 하여 전부 폐지하였다. 누구든지 그 집에 들어서면 첫눈에 띄는 것은 마루 정면 바람벽˚ 한가운데 놓인 큰 체경˚ 박힌 양복장과 그 양편에 화류목˚으로 만든 소쇄한˚ 탁자에 아기자기 얹힌 사기그릇, 유리그릇이리라.

식구라야 단둘뿐인데, 찬비(饌婢)˚와 침모˚를 두고 보니, 지어미의 할 일도 없었다. 지아비로 말하여도, 먹을 것이 넉넉한 다음에야, 인재를 몰라주는 이 사회에 승두미리˚를 다툴 필요도 없었다.

• 도화심목 마호가니. 단단하며 윤기가 있어 가구를 만드는 데 주로 쓰이는 적갈색 또는 흑갈색의 목재.
• 의걸이 위는 옷을 걸 수 있고, 아래는 반닫이로 된 장.
• 바람벽 방이나 칸살의 옆을 둘러막은 둘레의 벽.
• 체경 몸 전체를 비추어 볼 수 있는 큰 거울.
• 화류목 화류나무로 만든 목재. 아주 단단해서 충격에 강하다.
• 소쇄하다 보잘것없이 작다.
• 찬비 예전에, 반찬을 만드는 일을 맡아 하던 여자 하인.
• 침모 남의 집에서 바느질을 맡아 하고 일정한 품삯을 받는 여자.
• 승두미리 파리 대가리만 한 적은 이익.

독서, 정담*, 화투, 키스, 포옹이 그들의 일과였다.

이 외에 그들의 일과가 있다고 하면, 이상적 가정에 필요한 물품을 사들이는 것이리라. 이상적 아내는 놀랄 만한 서리한* 관찰과 치밀한 주의로써 이상적 가정에 있어야만 할 물건을 찾아내었다. 트럼프, 손톱 깎는 집게 같은 것도 그 중요한 발견의 하나였다.

하루는, 아내는 그야말로 이상적 가정에 없지 못할 무엇을 깨달았다. 그것은 '내가 어째 입때 그것 생각이 아니 났는고' 하고 스스로 놀랄 만한 무엇이었다. 홀로 제 사색이 주도한 데 연거푸 만족의 미소를 띠며, 마침 어디 출입하고 없는 남편의 돌아옴을 기다리기에, 제삼자로서는 상상도 할 수 없이 지루하였다.

남편이 돌아오자마자 아내는 무슨 긴급한 일을 말하려는 사람 모양으로 회오리바람같이 달려들었다.

"나 오늘 또 하나 생각했어요."

"무엇을?"

"그야말로 이상적 가정에 없지 못할 물건이야요!"

남편은 빙그레 웃으며,

"또 무엇을 가지고 그리우?"

"알아맞혀 보셔요."

* 정담 정답게 주고받는 이야기.
* 서리하다 단단하고 날카롭다.

64

아내의 눈에는 자랑의 빛이 역력하였다.

"무엇일까……."

남편은 먼 산을 보기도 하고, 이리저리 세간을 둘러도 보며 진국으로* 이윽히 생각하더니, 면목 없는 듯이,

"생각이 아니 나는걸……."

하고 무안새김*으로 또 한 번 웃었다.

"그것을 못 알아맞히셔요?"

아내는 뱉는 듯이 한마디를 던졌다. 한동안 남편의 얼굴을 생글생글 웃는 눈으로 물끄러미 바라보고 있다가, 무슨 중대한 사건을 밀고하려는 사람 모양으로 입술을 남편의 귀에다 대고 소곤거렸다.

"피아노!"

"옳지! 피아노!"

남편은 대몽*이 방성*하였다는 듯이 소리를 버럭 질렀다. 피아노가 얼마나 그들에게 행복을 줄 것인지는 상상만 하여도 즐거웠다. 멍하게 뜬 남편의 눈에는 벌써 피아노 건반 위로 북*같이 쏘다

---

* 진국으로 거짓 없이. '진국'은 '거짓이 없이 참된 것'을 뜻하는 말.
* 무안새김 현진건이 만들어 사용한 말인 듯하다. '무안함이 새겨진 얼굴 표정' 정도의 뜻으로 추정할 수 있다.
* 대몽 크게 좋은 일이 생길 징조로 보이는 길한 꿈.
* 방성 바야흐로 깨어남. 바야흐로 깨달음.
* 북 베틀에서, 날실의 틈으로 왔다 갔다 하면서 씨실을 푸는 기구.

니는 아내의 뽀얀 손이 어른어른하였다.

그 후, 두 시간이 못 되어 훌륭한 피아노 한 채가 그 집 마루에 여왕과 같이 임어하였다*. 지어미, 지아비는 이 화려한 악기를 바라보며 기쁨이 철철 넘치는 눈웃음을 교환하였다.

"마루에 무슨 서기(瑞氣)*가 뻗친 듯한 걸이요."

"참 그래. 온 집안이 갑자기 환한 듯한걸."

"그것 보시요. 내 생각이 어떤가……."

"과연 주도한걸*. 그야말로 이상적 아내 노릇 할 자격이 있는걸."

"하하하……."

말끝은 웃음으로 마쳤다.

"그런데 한번 쳐볼 것 아니요. 이상적 아내의 음악에 대한 솜씨를 좀 봅시다그려."

하고 사나이는 행복에 빛나는 얼굴을 아내에게로 향하였다. 계집의 번쩍이던 얼굴은 갑자기 흐려지고 말았다. 퀼녀의 상판은 피로 물들인 것같이 새빨개졌다. 퀼녀는 억지로 그런 기색을 감추려고 애를 쓰며, 기어들어 가는 목소리로,

"먼저 한번 쳐보셔요."

하였다.

• 임어하다 임금이 그 자리로 찾아오다.
• 서기 복되고 좋은 일이 일어날 기운.
• 주도하다 주의가 두루 미쳐서 빈틈없이 꼼꼼하다.

이번에는 사나이가 서먹서먹하였다. 답답한 침묵이 한동안 납덩이같이 그들을 누르고 있었다.

"그러지 말고 한번 쳐보구려. 그렇게 부끄러워할 거야 무엇 있소?"

이윽고 남편은 달래는 듯이 말을 하였다. 그러나 그 소리는 자리가 잡히지 않았다.

"나…… 칠 줄 몰라."

모기 같은 소리로 속살거린 아내의 두 뺨에는 불이 흐르며, 눈에는 눈물 그림자가 어른거렸다.

"그것을 모른담."

하고 남편은 득의양양한 웃음을 웃고는,

"내 한번 치지."

하고 피아노 앞에 앉았다. 궐도 또한 이 악기를 매만질 줄 몰랐다. 함부로 건반 위를 치훑고 내리훑을 따름이었다. 그제야 아내도 매우 안심된 듯이 해죽 웃으며 이런 말을 하였다.

"참, 잘 치십니다그려."

《개벽》 1922년 11월호에 실린 작품을 바탕으로 함.

작품 이해하기

1922년 11월에 발표된 아주 짧은 이 단편소설은, 인간의 허영심을 위트 있게 꼬집고 있다. 이 소설의 주인공인 '궐'은 '이상적 가정'이라는 허울에 사로잡힌 사람이다. 조혼이라는 관습으로 맺어진 형식상의 아내가 죽고 수만 원의 재산을 가진 부친이 사망하자, 신여성과 신식 결혼을 하고 서울로 이사한다. 궐은 봉건사회의 구속으로부터, 가부장적인 억압으로부터 벗어나게 된다.

궐은 일본에서 유학하며 신식교육을 받은 사람이다. 부모에게 물려받은 재산도 많다. 그러나 궐은 책임을 지는 것을 싫어한다. 서울에 와서 살림을 차린 것도 '번루 많고 방해 많은 고향'을 벗어나기 위함이다. 궐과 결혼한 궐녀 역시 중등교육을 마친 여성이다. 쪽진머리가 아니라 비스듬히 가른 머리를 하고, 꽃신이 아니라 가벼이 움직이는 구두를 신는 사람이다.

봉건사회에서 벗어나 이상적 가정을 꿈꾸는 궐은 이상적 가정에 어울리는 물품을 사들이며 이상적 가정에 어울리는 공간을 꾸민다. 마루를 응접실로 만들고, 안방을 침실로, 건넌방을 서재로, 뜰아랫방을 식당으로 꾸민다. 놋그릇 대신 사기그릇과 유리그릇만 사용하고, 조선 의걸이와 삼층장 대신 양복장과 탁자를 들여놓는다. 부부가 이상적 가정을 위해 하는 일이라곤 조선적인 것들을 모두 버리고 하찮은 트럼프, 손톱 깎는 집게 같은 것들을 사모으는 일이다.

이 신식 가정을 꾸미는 일의 절정은 피아노이다. 이상적 가정을 완성하기 위해 반드시 있어야 하는 화려한 악기 피아노. 이 피아노를 사서 마루에 여왕처럼 들여놓는 일이다. 그러나 아내도 남편도 피아노를 치지 못했고, 함부로 건반을 치며 불협화음을 만들어낼 뿐이다. 이상적 가정을 위해 피아노를 칠 줄 아는 것처럼 엉터리 연주를 하는 꼴과 남편이 피아노를 못 친다는 것을 알면서도 '참 잘 치십니다그려.'라고 말하는 꼴녀. 부부 사이에서도 서로 솔직하지 못하고 허영심으로 가득 찬 그들의 불안한 동거가 '이상적 가정'의 모습이다.

작가는 허영 덩어리인 피아노를 통해, 허영으로 가득 찬 그들에게 '이상적 가정'이 존재할 수 없음을 보여준다. 칠 줄도 모르는 피아노를 사서 아무렇게나 두드려대며 불협화음과 소음을 만들어내는 그들의 앞날은 그래서 아름답지 않을 것이다. 겉으로 보이는 것에만 관심을 두고, 허울뿐인 '이상적 가정'을 꾸미기 위해 애쓰는, 허영으로 가득한 부부의 모습이 우리에게 쓴웃음을 짓게 한다.

이 소설은 〈운수 좋은 날〉과 묘하게 대조된다. 약도 제대로 써보지 못하고 설렁탕 한 그릇도 제대로 먹지 못하는 김 첨지네와 치지도 못하는 피아노를 두 시간 만에 사놓는 부부의 허영 가득한 모습이 대조되면서 당시의 심각한 빈부 격차를 유추해 볼 수 있게 한다.

그 남자 '궐'과 그 여자 '궐녀'

당시 조선 사회는 자의든 타의든 봉건사회에서 근대사회로 변화하는 중이었으나 그 구성원이 바뀐 것은 아니었다. 새로운 시대에 희망을 갖고 유학 생활을 하며 새로운 공간과 신문물에 대한 이상을 키웠으나 현실은 전혀 바뀌지 않았다. 유학까지 다녀왔으나 신지식인들은 사회에 적응하지 못하고, 사회 역시 새로운 세대보다 기득권을 인정했기 때문에 '궐'은 1920년대 조선에 적응하지 못한다.

궐은 자신과 같은 인재를 몰라주는 이 사회에서 고작 몇 푼 벌기 위해 아등바등 애쓸 필요가 없다고 생각한다. 그래서 유학까지 다녀온 '궐'과 신식 교육을 받은 신여성 '궐녀'가 하는 일이라곤 독서, 정담, 화투, 키스, 포옹과 물건을 사들이는 것이다. 생산적인 일이라곤 전혀 찾을 수 없다. 그래서 작가는 그들을 얕잡아 '궐'과 '궐녀'로 표현하고 있다.

이상적 가정이라는 환상

궐과 궐녀는 다년간 꿈꾸었던 이상적 가정을 꾸리기 위해 물건을 사들이기 시작한다. 물건을 채운다고 그들의 사고와 삶이 신식이 되는 것은 아니다. 지난 제도와 물건이라고 해서 반드시 폐기해야 하는 것도 아니다. 그러나 그들은 그리한다. 조선의 전통적인 가옥과 물건은 후진적이라 폐기되어야 하고, 일본으로부터 들여온 외래문화를 수용해야 이상적 가정이 된다고 믿는다. 마루 대신 응접실, 안방 대신 침실, 놋그릇 대신 사기그릇과 유리그릇 등으로 살림을 채워가면서, 치지도 못하는 피아노까지 들여놓게 된다.

봉건사회를 근대사회로 바꾸는 것은 물건이 아니다. 구식 가정을 신식 가정으로 바꾸는 것 또한 물건이 아니라 사람이다. 그런데도 그들은 물건을 통해 바꾸려고 한다. 그 최상위에 있는 물건이 피아노이다. 이상적 가정의 허구를 가장 잘 보여주는 것이 바로 연주하지도 못하는 피아노이다.

여왕과 같이 임어한 피아노

피아노는 1900년에 처음 우리나라에 들어왔다고 한다. 현진건이 1900년에 태어났으니 대단한 우연이다. 남들에게 보여주기 위해 물질적 풍요를 늘어놓는 일, 그 절정이 '피아노'라고 할 것이다. 칠 줄도 모르면서, 남에게 자랑하기 위해 신문물의 상징인 피아노를 여왕처럼 모시고, 상서로운 기운이 느껴진다며 피아노를 찬양하는 부부의 모습은 실소를 자아내게 한다. 근대사회의 속성은 이해하지 못한 채 속물적 소비로 허세를 과시하는 부부의 허영심을 연주하지도 못하는 피아노로 보여주고 있다.

인간의 허영심을 꼬집다

궐과 궐녀 부부는 근대사회에 대한 정확한 인식도 없이, 외적으로 물건을 채우기에만 급급하다. 새로운 세대를 준비할 소양은 없으면서 겉으로 화려하게 치장만 하는 모습을 보인다. 그런데 이런 모습이 왠지 낯설어 보이진 않는다. 시간과 공간을 허투루 사용하는 사고방식과 가치관, 겉으로 보이는 것에 치중하고 자신의 내면을 가꾸지 않는 허영심. 이는 오늘날 우리의 모습과도 무관하지 않을 듯하다. 겉만 번지르하게 치장하는 인간의 허영심. 그 허영심을 100년 전 현진건은 피아노를 통해 꼬집고 있다.

술 권하는 사회

피   아   노

할머니의 죽음

운수 좋은 날

고   향

할머니의 죽음

'조모주* 병환 위독'

　삼월 그믐날, 나는 이런 전보를 받았다. 이는 ××에 있는 생가에서 놓은* 것이니, 물론 생가 할머니의 병환이 위독하단 말이다. 병환이 위독은 하다 해도, 기실 모나게 무슨 병이 있는 게 아니라, 벌써 여든을 둘이나 넘은 그 할머니는 작년 봄부터 시름시름 기운이 쇠진해서 가끔 가물가물하기 때문에, 그동안 자손들로 하여금 한두 번 바쁜 걸음을 아니 치게* 하였다.

　그 할머니의 5년 맏이*인 양조모*는 갑자기 울기 시작하였다.

　"아이고…… 이승에서는 다시 못 보겠다. 동세*라도 의(誼)*로 말하면 친형제나 다름이 없었다……. 60년을 하루같이, 어데 뜻

---

* 조모주 주로 편지글에서, '할머니'를 이르는 말.
* 놓다 어떠한 내용을 편지 따위를 통하여 알리다.
* 치다 치르거나 겪다.
* 맏이 나이가 남보다 많음. 또는 그런 사람.
* 양조모 양할머니. 양자로 간 집의 할머니.
* 동세 동서. 시아주버니의 아내. 또는 시동생의 아내.
* 의(誼) 서로 사귀어 친하여진 정.

한번 거실러 보았을까……."

연해연방 이런 넋두리를 섞어가며 양조모는 울었다. 운다 하여
도, 눈 가장자리가 붉어지고 목소리가 떨릴 뿐이었다. 워낙 연만
한˚ 그는, 제법 울음답게 울 근력조차 없었다.

"그래도 그 할머니는 팔자가 좋으시다. 자손이 늘은 듯하고……
아이고."

끝으로 이런 말을 하며 울음이 한숨으로 변하였다. 자기가 너무
수(壽)한˚ 까닭으로 외동자를 앞세워, 원(怨)이 되고 한(恨)이 되어
노상 자기의 생을 저주하는 그는, 아들이 둘(본래 셋이러니 그중에
중부(仲父)˚가 일찍이 돌아갔다), 직손자˚가 여덟이나 되는 그 할머
니를 언제든지 부러워하였다.

"지금 돌아가시면 호상이지. 아드님의 백발이 허연데."
라고 양모도 맞방망이˚를 치며 눈을 멍하게 뜬다. 나도 '과연 그렇
기도 하겠다' 싶었다.

나는 그날 밤차로 ××를 향하고 떠났다. 새로 석 점이나 지나
기차를 내린 나는, 벌써 돌아가시지나 않았나고 염려를 마지않으

• 연만하다 나이가 아주 많다.
• 수하다 오래 살다.
• 중부 결혼을 한, 아버지의 형제 가운데 둘째 되는 이.
• 직손자 한 계통이나 혈연이 직접 이어져 내려온 자손.
• 맞방망이 '서로 마주 앉아 무엇을 두드리거나 박거나 다듬을 때 쓰는 방망이'를 뜻하는데,
  여기서는 '맞장구(남의 말에 덩달아 호응하거나 동의하는 일)'의 뜻으로 쓰였다.

며 캄캄한 좁은 골목을 돌아들어 생가의 삽짝 가까이 다다를 제, 곡성이 나는 듯 나는 듯하여 마음이 조마조마하였다. 하건만 다행히 그 불길한 소리는 들리지 않았다. 삽짝은 빠끔히 열려 있었다.

마당에 들어서니, 추녀 끝에 달린 그을음 앉은 괘등°이 반간밖에 아니 되는 마루와 조붓한° 뜰을 쓸쓸하게 비추고 있었다. 우물뚝°과 장독간의 사이에, 위는 거적을 덮고 양 가는 삿자리로 두른 움막을 보고 나는 가슴이 덜컥하고 내려앉았다.

'상청(喪廳)°이 아닌가!'

그러나 나의 어림짐작은 틀렸다. 마루에 올라선 내가 안방, 아랫방에서 뛰어나온 잠 못 잔 피로한 얼굴들에게 이끌리어 할머니가 거처하는 단칸 건넌방으로 들어가니, 할머니는 까라진 듯이 아랫목에 누웠으되 오히려 숨은 붙어 있었다. 그 앞에 앉은 나를, 생선의 그것 같은 흐릿한 눈자위로 의아롭게° 바라본다.

"얘가 누구입니까? 얘가 누구입니까?"

예안 이씨로, 예절 알기와 효성 있기로 집안 중에 유명한 중모(仲母)°는, 나를 가리키며 병자의 귀에 대고 부르짖었다.

• 괘등 집채의 천장에 매다는 등.
• 조붓하다 조금 좁은 듯하다.
• 우물뚝 우물둔덕. 우물 둘레의 작은 둑 모양으로 된 곳.
• 상청 죽은 사람의 영궤(혼백을 모신 자리)와 그에 딸린 모든 것을 차려놓는 곳.
• 의아롭다 의심스럽고 이상한 느낌이 있다.
• 중모 둘째아버지의 아내. 둘째어머니.

"몰라……."

환자는 그르렁그르렁하면서 귀찮은 듯이 대꾸하였다.

"제가 누구입니까, 할머니!"

나는 그 검버섯이 어룽어룽한 뼈만 남은 손을 만지며 물어보았다. 나의 소리는 떨렸다.

"저를 모르시겠습니까? 제가 ○○이 아닙니까?"

"응, 네가 ○○이냐……."

우는 듯이 이런 말을 하고, 그윽하나마 내가 잡은 손에 힘을 주는 듯하였다. 그 개개풀린 눈동자 가운데도 반기는 빛이 역력히 움직였다.

할머니의 병환이 어젯밤에는 매우 위중해서 모두 밤샘을 한 일, 누구누구 자손을 찾던 일, 그중에 내 이름도 부르던 일, 지금은 한결 돌린* 일……. 온갖 것을 중모는 나에게 가르쳐주었다.

나는 그날 밤을 누울락 앉을락, 깰락 졸락 할머니 곁에서 밝혔다. 모였던 자손들이 제각기 돌아간 뒤에도 중모만은 할머니의 곁을 떠나지 않았다. 불교의 독신자인 그는, 잠 오는 눈을 비비기도 하고 기침으로 목청을 가다듬기도 하면서 밤새도록 염불을 그치지 않았다. 그 소리는 적적한 새벽녘에 해가*와 같이 처량히 들렸

---

* 돌리다 병의 위험한 고비나 상황을 면하게 하다.
* 해가 해로가. 상여가 나갈 때 부르는 노래.

다. 나는 새삼스럽게 그 효심의 지극함과 그 정성의 놀라움에 탄복하였다.

아침저녁으로 각지에 흩어져 있는 자손들이 모여들기 시작하였다. 방이라야 단지 셋밖에 없는데, 안방은 어머니, 형수들이 점령하고, 뜰아랫방 하나 있는 것은 아버지, 삼촌, 당숙들에게 빼앗긴 우리 젊은이 패, 사촌 형제들은 밤이 되어도 단 한 시간을 눈 붙일 곳이 없었다. 이웃집과 누누이 교섭한 끝에 방 한 칸을 빌려서 번차례˚로 조금씩 쉬기로 하였다. 이 짧은 휴식이나마 곰비임비˚ 교란되었나니, 그것은 10분들이˚로 집에서 불러들이는 까닭이다.

아버지와 삼촌네들의 큰 심부름, 잔심부름도 적지 않았지만, 할머니 곁에 혼자 앉은 중모의 꾸준한 명령일 때가 많았다. 더구나 밤새 한 시에나 두 시에나 간신히 잠이 들어 꿀보다 더 단 잠이 온몸에 나른하게 퍼진 새벽녘에 우리는 끄들려˚ 일어나는 수밖에 없었다.

"할머니 병환이 이렇듯 위중하신데, 너희는 태평 치고˚ 잠을 잔단 말이냐!"

우리가 건넌방에 들어서면 그는 다짜고짜로 야단쳤다. 그중에

• 번차례 순서를 정해 번갈아드는 차례.
• 곰비임비 자꾸, 계속해서.
• ─들이 '그만큼 담을 수 있는 용량'의 뜻을 더하는 접미사. 여기서는 '10분마다'의 뜻.
• 끄들리다 끌어 잡혀 들리다.
• 치다 어떠한 상태라고 인정하거나 사실인 듯 받아들이다.

도 가장 나이 어리고 만만한 내가 이 꾸중받이가 되었다. 인정사정없는 그의 태도가 불쾌는 하였지만, 도덕적 우월을 빼앗긴 우리는 대꾸 한마디 할 수 없었다.

"다들 뭐란 말이냐. 나는 한 달이나 밤을 새웠다. 메칠들이나 된다고."

졸음 오는 눈을 비비는 우리를 보고, 그는 자랑스럽게 또 이런 꾸중도 하였다.

'놀라운 효성을 부리는 게, 도무지 우리 야단칠 밑천을 장만하는 게로구나.'

나는 속으로 꿀꺽꿀꺽하며 이런 생각을 하였다.

한번은 또 그의 명령으로 우리는 건넌방에 모여들었다. 그 방문을 열어젖혔는데, 문지방 위에 할머니의 지팡이가 놓이고 그 밑에 또 신으시던 신이 놓여 있었다. 방 안 할머니의 머리맡 벽에는 다라니˚가 걸려 있었다.

'할머니가 운명하시나 보다!'

우리는 번개같이 이런 생각을 하며 할머니 곁으로 다가들었다. 그는 담˚을 그르렁거리며 혼혼히˚ 누워 있었다. 중모는 흐르는 눈물을 걷잡지 못하며 그의 귀에 들이대고 울음소리로 '아미타불'과

˚ 다라니 재앙을 물리친다는 불교 문구.
˚ 담 가래.
˚ 혼혼히 정신이 가물가물하고 희미한 모양.

'지장보살'을 구슬프게 부르짖고 있었다.

한동안 엄숙한 긴장이 여기 있었다.

모두 같은 일을 기대하면서.

10분! 20분! 환자의 신상에는 아무 별증˚이 나타나지 않았다.

"아마 잠이 드신 모양입니다."

이윽고 아버지가 이 긴장한 침묵을 깨뜨렸다. 그리고 중모를 향하며,

"좀 주무시게스리 염불을 고만 모십쇼˚."

하고 나가버렸다. 그 뒤를 따라 빽빽하게 들어섰던 자손들이 하나씩 둘씩 헤어졌다.

그래도 눈물을 섞어가며 염불을 말지 않던 중모가, 얼마 뒤에야 제물에˚ 부처님 찾기를 그쳤다. 그리고 끝끝내 남아 있던 나에게, 할머니가 중부가 왔다고 하던 일, 자기더러 교군˚이 왔다던 일, 중모의 손을 잡아 비틀며 어서 가자고 야단을 치던 일을 이야기하였다. 그러다가 숨구멍에서 무엇이 꿀꺽하더니 그만 저렇게 정신을 잃으신 것을 설명해 듣기었다.

그날 저녁때에 할머니는 여상히˚ 깨어나셨다. 이런 일이 한두

˚ 별증 별다른 증세.
˚ 모시다 드리다. 올리다.
˚ 제물에 저 혼자 스스로의 바람에.
˚ 교군 가마를 메는 사람. 가마꾼.
˚ 여상히 평소와 다름이 없이.

번 아니었다. 몇 번이나 신과 지팡이가 놓였다 치워졌다, 다라니가 벽에 걸렸다 떼였다 하였다. 그러는 동안에 자손의 얼굴은 자꾸자꾸 축이 나°갔었다. 말하기는 안되었지만, 모두 불언 중에 할머니의 목숨이 하루바삐 끝장이 나기를 기다리고 있었다.

관조차 맞추어서 칠까지 먹여놓았다.

내가 처음 오던 날, 상청이 아닌가 놀랐던 그 움막도, 이 관을 놓아두려는 의지간°이었다.

그러하건만, 할머니는 연해 한 모양으로 그물그물하다가 또 정신을 차렸다. 아니, 정신이 돌아오는 때가 도리어 많아간다. 자기 앞에 들어서는 자손들을 거의 틀림없이 알아맞혔다.

그리고 가끔 몸부림을 치면서 일으켜 달라고 야단을 쳤다. 이럴 때에 중모는 거벽스럽게° 염불을 모시었다.

"어머니 어머니, 가만히 계셔요. 가만히 계셔요."

그는 몸부림하는 할머니를 제지하면서 이렇게 타일렀다.

"저를 따라 염불을 모셔요. 나무아미타불, 나무아미타불."

"나, 일어날란다."

"에그, 왜 그러셔요. 가만히 계셔요. 제발 덕분에…… 나무아미타불, 나무아미타불……."

• 축나다 몸이나 얼굴 따위에서 살이 빠지다.
• 의지간 원래 있던 집채에 더 달아서 꾸민 칸.
• 거벽스럽다 보기에 사람됨이 억척스럽고 묵직한 데가 있다.

할머니는 마지못하여 중모를 따라 두어 번 입술을 달싹달싹하
더니, 또 얼굴을 찡그리며 애원하는 어조로,

"인제 고만 모시고, 날 좀 일으켜 다고. 내 인제 고만 가란다."

"인제 가셔요! 가만히 누워 계시지요, 왜 일어나시긴……. 나무
아미타불…… 왕생극락…… 나무아미타불."

할머니는 귀찮아 못 견디겠다는 듯이 팔을 내저으며,

"듣기 싫다, 염불 소리 듣기 싫다! 인제 고만해라."
하며 몸을 일으키려고 애를 쓴다.

"그게 무슨 말씀입니까?"

중모는 질색을 하며 더욱 비장하게 부처님을 찾았다.

"듣기 싫다! 듣기 싫여! 나는 고만 갈 테야."

할머니는 또 이렇게 재우쳤다. 나는 이 광경을 보고 적이 의외
의 감(感)이 있었다.

불도(佛道)에 들어서는 할머니도 중모보다 못하지 않은 어른이
다. 정신이 혼혼된 뒤에도 염주(念珠) 담은 상자와 만수향˚만은 일
일이 아랑곳하던˚ 어른이다.

"하루에도 만수향을 세 갑, 네 갑 켜시겠지. 금방 사다 드리면
세 개씩, 네 개씩 당장 다 켜버리시고 또 안 사 온다고 꾸중이시구

˙ 만수향 부처 앞에 태우는 향.
˙ 아랑곳하다 나서서 참견하거나 관심을 두다.

나……."

작년 가을 내가 귀성하였을 제, 계모가 웃으며 할머니의 노망 이야기를 하는 가운데 만수향 켜는 것을 그 하나로 헤아렸다.

그러하던 할머니가 왜 지금 와서 염불을 듣기 싫다는가? 그다지 할머니는 일어나고 싶으신가? 죽어가면서도 일어나려는 이 본능 앞에는 모든 것이 권위를 잃는 것인가?

"저렇게 일어나시려니, 좀 일으켜 드리지요."

나는 보다 못해 이런 말을 하였다.

"안 된다. 일으켜 드릴 수가 없다. 하도 저러시길래 한번 일으켜 드렸더니, 어떻게 아파하시는지 차마 뵐 수가 없었다."

"어째 그래요?"

나는 이렇게 반문하였다. 이 반문에 대한 중모의 설명은 더욱 놀랄 것이었다.

할머니가 작년 봄부터 맑은 정신을 잃은 결과에, 늙으면 어린애 된다고, 뒤를 가리지 않게 되었다. 게다가 이 두어 달 전부터 물을 자꾸 청해 잡수시고 옷에고 요 바닥에고 함부로 뒤를 보았다˚. 그 것을 얼른 빨아드리지 못한 때문에, 제물에 뭉쳐지고 말라붙은 데다가 뜨거운 불목˚에 데여 궁둥이 언저리가 모두 벗겨졌다. 그러

˚ 뒤보다 똥을 누다.
˚ 불목 온돌방 아랫목의 가장 따뜻한 자리.

므로 일어나려면 그곳이 땅기고 배기어 아파하는 것이라 한다.

이 말을 들은 나는, 할머니를 모로 누이고 그 상처를 보았다. 그 바닥은 손바닥 넓이만치나 빨갛게 단 쇠로 지진 듯이 시커멓게 벗겨졌는데, 그 위에는 하얀 해˚가 징그럽게 끼었고, 그 가장자리는 독기를 품고 아른아른히 부풀어 올라 있다. 나는 차마 더 볼 수가 없었다.

이것이 무슨 일인가! 양조모, 양모가 부러워하던 늘은 듯한 자손은 다 무엇을 하고 우리 할머니를 이 지경이 되게 하였는가? 왜 자주 옷을 갈아입혀 드리며 빨아드리지 못하였는가? 나는 이 직접자인 계모가 더 할 수 없이 괘씸하였다.

그러나 가만히 생각해 보면, 그를 그르다고 할 수 없다. 위에도 말하였거니와, 할머니가 이리된 지는 하루 이틀이 아니다. 벌써 몇 달이 되었다. 이 긴 시일에, 제아무리 효부라 한들 하루도 몇 번을 흘리는 뒤를 그때 족족 빨아낼 수 없으리라. 더구나 밤에 그런 것이야 일일이 알 수도 없으리라. 하물며 계모는 시집오던 첫날 밤부터 골머리를 앓았던 만큼, 큰 병객˚이다.

병명은 의원을 따라, 혹은 변두머리˚라고도 하고 혹은 뇌점˚이

˚ 해 곱. 부스럼이나 헌데에 끼는 고름 모양의 물질.
˚ 병객 몸에 늘 병을 지니고 있는 사람. 병을 앓고 있는 사람.
˚ 편두머리 편두통.
˚ 뇌점 폐결핵.

라고도 하고 혹은 선천부족(先天不足)°이라고도 하였지만, 하나도 고쳐주지는 못하였다.

삼십이 될락 말락 하건만, 육십이나 칠십이나 된 노인 모양으로 주야장천 자리보전하고 누워 있는 터이다. 제 몸이 괴로우니 모든 것이 싫은 것이다. 그리고 나까지 아우르면 아버지 슬하에 아들만 넷이나 되건마는, 지금 육십 노경(老境)°에 받드는 어느 아들, 어느 며느리 하나가 없다. 집안이 넉넉지 못한 탓으로, 사방에 흩어져서 제 입 풀칠하기에 눈코를 못 뜨는 까닭이다.

이 책임을 누구에게 돌릴까? 나는 알 수가 없었다. 쓴 물만 입 안에 들 뿐이다.

그 후에 또 이런 일이 있었다. 어느 때 내가 할머니 곁에 갔을 적이었다. 할머니는 그 뼈만 남은 손으로 나의 손을 만지고 있었다.

"○○아, ○○아!"

할머니는 문득 나를 불렀다.

"인제는 다시 못 보겠다. 인제는 다시 못 보겠다."

"왜 그런 말씀을 하십니까?"

"인제 내가 안 죽니? 그런데 너, 내 청 하나 들어주겠니?"

"네? 무슨 말씀입니까?"

• 선천부족 타고난 체력이 부족하여 몸이 허약한 상태.
• 노경 늙어서 나이가 많은 때. 또는 그때 즈음.

"나, 날 좀 일으켜 다고."

나는 눈물이 날 듯이 감동되었다. 어찌 차마 청을 떼칠* 것인가. 나는 다짜고짜로 두 손을 할머니 어깨 밑으로 넣으려 하였다. 이것을 본 중모는 깜짝 놀라며 나를 말렸다.

"얘, 네가 왜 또 그러니? 일으켜 드리면 아파하신대도, 그 애가 그러네."

"그때 약을 사다 드렸으니, 그 자리가 인제는 아물었겠지요."

나는 데었단 말을 들은 그날, 약 사다 드린 것을 생각하고 이런 말을 하였다.

"아니다. 아직 다 낫지 않았어. 오늘 아침에도 일으켜 드렸더니 몹시 아파하시더라."

나는 주춤하였다. 할머니가 앓는 것이 애처로웠음이다.

"어머니, 어머니! 가만히 누워 계셔요, 네? 일어나시면 아프십니다."

중모는 또 자상히 타이르듯 말하였다. 할머니는 물끄러미 나와 중모를 번갈아 보시더니 단념한 듯이 눈을 감았다. 한참 앉아 있다가 나는 몸을 일으켰다. 이때에 할머니가 눈을 번쩍 뜨며 문득,

"어디를 가?"

하고 물었다. 나는 주춤 발길을 멈추었다.

• 떼치다 요구나 부탁 따위를 딱 잘라 거절하다.

할머니는 퀭한 눈으로 이윽히 나를 쳐다보더니, 무엇을 잡을 듯이 손을 내저으며 우는 듯한 목소리로,

"서방님! 제발 나를 좀 일으켜 주십시오. 서방님! 제발 나를 좀 일으켜 주십시오."
라고 부르짖었다.

"에그머니! 그게 무슨 말씀입니까? 그 애가 ○○ 아닙니까? 서방님이 무엇이여요?"

중모는 바싹 할머니에게 다가들며 애처롭게 일러드렸다. 이때 마침 할머니가 잡수실 배즙을 가지고 들어오던 둘째 형수가, 무슨 구경거리나 생긴 듯이 안방을 향하고 외쳤다.

"에그, 할머니 좀 보아요! 서울 아주버님더러 서방님 서방님 하십니다."

이 외침을 듣고 자부*와 손부*들은 모여들었다. 그들의 눈은 호기심에 번쩍이고 있었다.

나는 또 할머니의 청을 물리칠 수 없었다.

그것이 어떠한 나쁜 영향을 초치할지라도* 아니 일으켜 드릴 수 없었다.

그러나 할머니는 요 바닥 위로 반 자리를 떠나지 못하여 "아야

* 자부 아들의 아내. 며느리.
* 손부 손자의 아내. 손자며느리.
* 초치하다 불러서 이르게 하다. 여기서는 '일어나게 하다'의 뜻.

야." 하고 외마디소리를 쳤다. 나는 얼른 들어올리던 손을 빼는 수밖에 없었다.

다시금 눕기 싫어하던 요 위에 누운 뒤에도 할머니는 앓기를 마지않았다.

적지 아니한 꾸중을 모시었다.

이윽고 조금 진정이 되더니만, 또 팔을 내저으며 기를 쓰고 가슴을 덮은 이불자락을 자꾸자꾸 밀어 내리었다. 감기가 들까 염려하는 중모는 그것을 꾸준히 도로 집어 올렸다.

할머니는 또 손을 내밀더니, 이번에는 내 조끼 단추를 붙잡아 당기었다.

"왜, 이리하십니까? 단추를 빼란 말씀입니까?"

할머니는 고개를 끄덕였다. 끄덕였다 하여도 끄덕이려는 의사를 보였을 뿐이었다. 나는 단추 한 개를 빼었다. 그래도 할머니는 자꾸 조끼의 단추와 씨름을 마지 아니하였다.

나는 단추를 낱낱이 빼는 수밖에 없었다. 그러고 나니, 그는 또 옷고름과 실랑이를 시작하였다.

"옷고름을 끄를까요?"

"응!"

나는 또 옷고름을 끌렀다. 끄른 뒤엔, 할머니는 또 소매를 잡아 당기었다.

"왜 이리하셔요?"

"버, 벗어라…… 답답지 않니?"

여기저기서 물어 멈추려고 애쓰는 웃음이 '키―키' 하였다.

나는 경멸과 모욕의 시선을 그들에게 던졌다. 자기가 얼마나 답답하고 갑갑하길래 남의 단추 끼운 것과 옷고름 맨 것과 저고리 입은 것조차 답답해 보일 것이랴.

여기는 쓰디쓴 눈물과 살을 저미는 슬픔이 있어야 하겠거든. 이 기막힌 광경을 조소˚로 맞아야 옳을까?

나는 곧 그들에게 침이라도 뱉고 싶었다. 하되, 나의 마음을 냉정하게 살펴본즉, 슬프다…… 나에게는 그들을 모욕할 권리가 없었다. 형수들 앞에서 안가슴을 풀어 젖히라는 할머니가 민망스럽기도 하고 딱하기도 하였다. 환자를 가엾다고 생각하면서도, 나의 속 어디인지 웃음이 움직인 것은 부정할 수 없는 사실이다. 더구나 내가 젊은이 패가 모인 이웃집 방에 들어갔을 때, 무슨 재미스러운 일이나 보고 온 사람 모양으로 득의양양히 이야기를 하고서 허리를 분질렀다.

거기서는 할머니의 병세에 대하여 의논이 분분하였다. 그들은 하나도 한가한 이가 없었다. 혹은 변호사, 혹은 은행원, 혹은 회사원으로 다 무한년하고˚ 있을 수 없는 형편이었다.

˚ 조소 비웃음.
˚ 무한년하다 햇수의 제한이 없다. 여기서는 '무한정 시간을 보내다'의 뜻.

"나는 암만해도 내일은 좀 가보아야 되겠는데…… 나는 그 전보를 보고 벌써 돌아가신 줄 알았어. 올 때에 친구들이 북포(北布)*니 뭐니 부의*를 주길래, 아직 돌아가시지도 않았는데 이게 웬일이냐 하니까, 그 사람들이, 돌아가셔도 자손들에게 그렇게 전보를 놓는다 하데. 그래 모두 받아 왔는데…… 허허…….

그중에 제일 연장자로, 쾌활하고 말 잘하는 백형(伯兄)*은 웃음 섞어 이런 말을 하고 있었다.

"암만해도 오늘내일 돌아가실 것 같지는 않는데……. 이거 큰일 났는걸. 갈 수도 없고…….

"딴은 곧 돌아가실 것 같지는 않애…….

은행원으로 있는 육촌은 이렇게 맞방망이를 쳤다.

"의사를 불러서 진단을 해보는 것이 어떨까요?"

부산 방직회사에 다니는 사촌이 이런 제의를 하였다.

"옳지. 참 그래 보아야 되겠군."

아버지께 이 사연을 아뢰었다.

"시방 그물그물하시지* 않나. 그러면 하여간 의원을 좀 불러올까?"

• 북포 함경북도에서 나던 올이 가늘고 고운 삼베.
• 부의 상가에 보내는 돈이나 물품.
• 백형 둘 이상의 형 가운데 맏이인 형을 이르는 말.
• 그물그물하다 의식이나 기억이 희미하다.

의원은 아버지와 절친한 김 주부(主簿)˚를 청해 오기로 하였다.

갓을 쓴 그 의원은 얼마 아니 되어 미륵 같은 몸뚱이를 환자 방에 나타내었다.

매우 정신을 모으는 듯이 눈을 내리감고 한나절이나 집맥˚을 하더니 고개를 절레절레 흔들며 물러앉는다.

"매우 말씀하기 안됐소마는, 아마 오늘 밤이 아니면 내일은 못 넘길 것 같소."

매우 말하기 어려운 듯이, 기실 조금도 말하기 어렵지 않은 듯이 그 의원은 최후의 판결을 선고하였다.

"글쎄, 그래 워낙 노쇠하셔서 오래 부지하실 수 없어……."

'그러면 그렇지' 하는 얼굴로 아버지는 맞방망이를 쳤다.

가려던 자손은 또 붙잡히었다. 그러나 할머니는 그날 저녁부터 한결 돌렸다.

가끔 잡수실 것을 찾기도 하였다. 잡수시는 건 고작해야 배즙, 국물에 만 한 술도 안 되는 진지였다. 죽과 미음은 입에 대기도 싫어하였다.

그리고 전일에 발라드린 양약이 효험이 나서 상처가 아물었던지, 자부와 손부에게 부축되어 꽤 오래 일어나 앉아 있게도 되었다.

˚ 주부 한약방을 차린 사람.
˚ 집맥 진맥. 병을 진찰하기 위하여 손목의 맥을 짚어보는 일.

그 이튿날이 무사히 지나가자 한의(漢醫)의 무지를 비소˚하고, 다른 것은 몰라도 환자의 수명이 어느 때까지 계속될 시간 아는 데 들어서는 양의(洋醫)가 나으리란 우리 젊은 패의 주장에 의하여, ○○의원 원장으로 있는 천엽 의학사를 불러오게 되었다.

그는 진료한 결과에 다른 증세만 겹치지 않으면 이삼 주일은 무려하리라˚ 하였다.

"그래, 그저 그럴 거야. 아직 괜찮으신데 백주에˚ 서둘고 야단을 하였지."

하고 일이 바쁜 백형은 그날 밤으로 떠나갔다.

그 이튿날 아침이었다.

우리가 집에 돌아오니까 할머니 곁을 떠난 적 없던 중모가 마당에서 한가롭게 할머니의 뒤 흘린 바지를 빨고 있다가 웃는 낯으로 우리를 맞으며,

"할머니 오늘 아침에는 혼자 일어나셨다. 시방 진지를 잡수시고 계신다. 어서 들어가 뵈와라."

나는 뛰어 들어갔다. 자부와 손부의 신기해 여기는 시선을 받으면서 할머니는 정말 진지를 잡숫고 있었다.

나는 빙글빙글 웃으며,

˚ 비소 남을 비방하거나 비난하여 웃음. 또는 그런 미소.
˚ 무려하다 아무 염려할 것이 없다.
˚ 백주에 드러내 놓고 터무니없이 억지로. 괜히.

"할머니, 어떻게 일어나셨습니까?"

할머니는 합죽한* 입을 오물오물하여 막 떠 넣은 밥 알맹이를 삼키고,

"내가 혼자 일어났지, 어떻게 일어나긴. 흉악한 놈들! 암만 일으켜 달라니 어디 일으켜 주어야지. 인제 나 혼자라도 일어난다."
하며 자랑스럽게 대답하였다.

"어제 의원이 왔지요? 인제 할머니가 곧 나으신대요."

"정말 낫겠다고 하던? 응?"
하고 검버섯 핀 주름을 밀며 흔연한* 웃음의 그림자가 오래간만에 그의 볼을 스쳤다. 나의 눈엔 어쩐지 눈물이 핑 돌았다.

그날 밤, 하루 모였던 자손들은 제각기 흩어졌다. 나도 그날 밤에 서울로 올라왔다.

어느 아름다운 봄날이었다. 말갛게 갠 하늘은 구름 한 점도 없고, 아른아른한 아지랑이가 그 하늘거리는 깁* 올*로 봄비단 짜내는 어느 아름다운 봄날이었다. 나는 깨끗하게 춘복*을 차리고 친구 몇몇과 우이동 버찌* 구경을 막 나가려 할 때였다. 이때에 뜻

• 합죽하다 이가 빠져 입술과 볼이 오므라져 있다.
• 흔연하다 기쁘거나 반가워 기분이 좋다.
• 깁 명주실로 바탕을 조금 거칠게 짠 비단.
• 올 실의 가늘고 긴 조각.
• 춘복 봄철에 입는 옷.
• 버찌 벗나무의 열매. 여기서는 '벚꽃'을 가리키는 말.

아니 한 전보 한 장이 닥치었다.

'오전 3시 조모주 별세'

《사해공론》 1935년 5월호에 실린 작품을 바탕으로 함.

작품 이해하기

1923년 9월 《백조》에 발표된 이 소설은 임종을 앞둔 할머니를 대하는 가족들의 맨얼굴을 보여주고 있다. 현진건의 초기 소설은 〈빈처〉, 〈술 권하는 사회〉, 〈타락자〉처럼 자전적 이야기를 담고 있으면서 식민지 시대에 좌절하는 지식인의 모습을 그리고 있다. 이 작품은 초기 소설 이후 현진건의 변모된 작품 세계를 보여주는 대표적인 작품으로, 객관적인 심리 묘사를 통해 인간의 본성을 통찰하고 있다.

3월 그믐날 '나'는 '조모주 병환 위독'이라는 전보를 받고 시골 본가로 내려간다. 여든둘이 넘은 할머니는 몸과 마음이 쇠약해지셨기 때문에, 자손들은 작년부터 위급한 연락을 여러 번 받곤 했었다. 변호사나 은행원 등으로 바쁘게 살아가는 자손들은 할머니의 죽음을 앞두고 모두 모여 할머니의 죽음을 기다린다. 지금 돌아가셔도 호상이라는 이야기를 들으며 '나'도 그렇다고 생각한다.

예절 알기와 효성 있기로 집안에서 유명한 둘째어머니는 밤새도록 염불을 그치지 않으며 할머니를 극진히 간호한다. 할머니 곁에 혼자 앉아 가족들을 불러 모으고서는 제대로 간호하지 않는다고 야단을 친다. 할머니가 돌아가실 것 같으면 할머니의 지팡이와 신을 문지방에 놓고 구슬프게 부르짖는다. 그리고 관에 칠까지 먹여놓고 할머니가 하루바삐 돌아가시기를 기다린다. 그러나 할머니가 매번 평소와 다름없이 깨어나시자 자손들은 하나둘씩 지쳐간다.

'나'는 이런 일련의 행동을 보면서 생각한다. 둘째어머니가 저렇게 놀라운 효성을 부리는 게 우리 야단칠 밑천을 장만하기 위한 것이라고. '나'는 둘째어머니가 할머니에 대해 도덕적 우위를 가진 채 집안에서 자신의 위치를 드러내기 위해 간호하는 것이라는 점을 간파하게 된다. 할머니가 일어나고 싶다고 해도 둘째어머니는 강하게 말리고, 답답하다고 이불을 덮지 않겠다고 해도 기어이 이불을 덮어준다. 일으켜 달라는 할머니를 제지하고 염불을 따라 외우라고 하는 둘째어머니의 간호는 할머니를 위한 일이 아님을 간파한다. 그것은 자기만족을 위한 행동이라는 것을 말이다. 그러나 '나'도, 다른 자손들도 이를 호기심 어린 눈으로 구경하거나 묵과할 뿐 누구도 나서서 할머니를 위한 간호를 하려고 하지 않는다.

결국 자손들은 한의사와 의사를 차례로 불러 할머니의 상태를 묻는다. 마침내 할머니가 2~3주 내에는 돌아가시지 않을 것이라고 하자 자손들은 기다렸다는 듯이 흩어진다. 그리고 '나'는 곧 '오전 3시 조모주 별세'라는 전보를 받게 된다.

이 작품은 진실을 은폐한 채 가식적인 효도를 하면서 각자 자신의 이익만 채우는 가족들의 이중적인 모습을 비판하고 있다. 둘째어머니가 집안 내에서 도덕적 우위를 선점하기 위한 수단으로 할머니를 간호하고 있고, '나'는 둘째어머니의 행동을 간파하지만 집안이 넉넉하지 못해 제 입 풀칠하기에 바쁘다며 할머니를 외면한다. 전통적 가치인 효가 어떻게 타락해 가는지를 할머니의 병간호와 죽음을 통해 보여주는 작품이다.

작품 깊이읽기

할머니를 극진히 간호하는 둘째어머니

할머니는 노환으로 몸도 쇠약해지고 정신도 온전치 못하다. 이런 할머니를 극진히 보살피는 것은 둘째어머니이다. 그래서 예절 알기와 효성이 있기로 집안에서 유명하고, '나' 역시 그 효성의 지극함과 정성의 놀라움에 탄복한다. 그러나 가까이서 관찰한 결과, 둘째어머니의 행동에 이상한 점이 하나씩 보인다. 대소변을 제때 처리하지 않아서 할머니의 엉덩이에 욕창이 생겨 피부가 상했다. 할머니가 일으켜 달라고 해도 일으켜 주지 않는다. 또 할머니가 답답하다고 해도 계속 이불을 덮어준다. 그리고 할머니는 원치 않는데도 염불을 외우고, 할머니에게도 염불을 외울 것을 재촉한다. '나'는 할머니의 요구에 따라 할머니를 일으키려다가 둘째어머니께 호되게 야단을 맞는다. 할머니께서 얼마나 답답한지 '나'의 단추를 벗기려고 하는 행동을 둘째어머니와 자손들은 무슨 구경거리나 생긴 듯 호기심 가득한 눈으로 바라볼 뿐이다.

둘째어머니와 자손들에게 할머니는 임종을 앞둔 사람답게 가만히 누워 있어야 하는 존재이다. 할머니 입장이 아닌 자신의 방식으로 간호를 하고, 이를 통해 자신의 효행이 인정받아야 할 뿐이다. 자신을 위한 수단으로서의 효를 행하고 있을 뿐이다. 그래서 할머니 입장에서 둘째어머니와 자손들은 암만 일으켜 달라고 해도 일으켜 주지 않는 흉악한 놈들일 뿐이다.

그들을 모욕할 권리가 없는 '나'

'나' 역시 적극적으로 할머니 곁에 있지는 않는다. 할머니의 욕창이 나을 수 있도록 약을 사다 드린 것 말고는 할 수 있는 것이 없다. 아니, 하지 않는다. 아버지도 아들이 넷이나 될 만큼 자손들이 많지만 집안이 넉넉하지 못하다는 이유로, 제 입 풀칠하기도 바쁘다는 이유로, 할머니를 외면한다. 그러면서 '긴 병에 효자 없다'는 옛말로 스스로를 위로한다. '나' 또한 그들을 그르다고 할 수 없다고, 자신에게는 그들을 모욕할 권리가 없다고 스스로 합리화한다.

오늘내일 돌아가실 것 같지는 않은데

마냥 할머니의 임종을 기다릴 수 없다고 판단한 자손들은 한의사를 불러 할머니의 임종 시기를 진단한다. 한의사는 내일을 넘기기 어렵다고 판단했고, 아버지 역시 '그러면 그렇지' 하는 얼굴로 맞장구를 쳤으나, 할머니의 병세는 나아졌다. 그러자 자손들은 이번에는 양의를 불러 2~3주일은 괜찮을 것이라는 진단을 받아내고, 그 말을 위안 삼아 자손들은 할머니의 임종을 기다리지 못하고 제각기 흩어진다.

예로부터 효는 자식으로서 마땅히 지켜야 할 최고의 가치였다. 그러나 근대사회가 되면서 먹고사는 가치가 '효'라는 가치에 앞서는 사회가 되어간다. 마음에서 우러나는 효가 보여주기식 효에 밀려가는 사회가 되어간다. 목적이 아닌 수단으로 행하는 효. 이 소설은 보여주기 효의 허상을 할머니의 죽음을 통해 풍자하고 있다.

조모주 병환 위독, 오전 3시 조모주 별세

결국 할머니는 자손들이 제각기 흩어지고 얼마 되지 않아 돌아가신다. 양조모가 부러워할 만큼 자손들이 많아도 결국 할머니가 임종하실 때는 곁에 있지 않았다. 게다가 '나'는 서울로 올라와 본가의 일은 잊고 아름다운 봄날 벚꽃놀이를 떠나려 할 때 그 전보를 받는다. '나' 역시 둘째어머니와 크게 다르지 않다는 것을 '오전 3시 조모주 별세'라는 전보를 통해 보여준다.

또한 '조모주 병환 위독'으로 시작하여 '오전 3시 조모주 별세'라는 전보 내용으로 끝을 맺는 구성이 할머니의 죽음을 더욱 극적으로 보이게 하면서, 작품의 완결성을 더해준다.

'나'의 위치

이 작품은 할머니의 임종을 앞두고 모인 자손들의 행동과 심리를 '나'의 눈으로 그리고 있다. '나'는 숙환으로 임종을 앞둔 할머니를 위해 모인 자손들의 행동을 적절한 거리를 유지한 채 묘사한다. '나'가 적절한 거리를 유지할 수 있었던 것은 가족 내 '나'의 위치 덕분이다. '나'는 막내이면서 오촌 당숙의 양자가 되었기 때문이다. 할머니의 동서가 되는 '양조모'가 자손이 없다고 푸념하는 것에서 '나'의 위치를 알 수 있다.

빈틈없고 군소리가 없는 소설

염상섭은 이 작품에 대해 다음과 같이 평했다.

〈할머니의 죽음〉을 보고서는 광희(狂喜)하였다. 〈할머니의 죽음〉만은 어디 내놓든지 부끄럽지 않다고까지 생각하였다.

빈틈이 없고, 군소리가 없다. 오히려 너무 쨍쨍하여서 눈이 부신 것 같은 것이 불평이다. 염주를 들고 앉아서 밤을 새우는 숙모라든지, 할머님 앞에 속으로 울었다 웃었다 하는 주인공의 아름다운 마음과 좋은 성격이 과부족(過不足) 없이 잘 활약하는 것도 좋거니와, 조끼의 단추를 풀고 고름을 풀어 젖히는 일절에 이르러서는 까닭모를 황홀한 감을 받았다. 그리고 센티멘탈에 흐르지 않을 만큼 정순(精純)된 감정과 명민(明敏)한 이지를 적당히 가지고 아름답게 움직이는 주인공의 성격을 볼 때 자연주의적 경향이라든지 데카당한 기분에서 벗어난 경향을 볼 수 있다.

염상섭의 평가에서도 알 수 있듯이, 이 작품은 당대에도 이미 인정받은 작품임을 알 수 있다. 등장인물에 대한 묘사가 돋보이는 이 작품은 자전적인 초기 소설에서 변모하는 과정을 잘 보여주고 있다.

술 권하는 사회

피   아   노

할머니의 죽음

운수 좋은 날

고   향

운수 좋은 날

새침하게* 흐린 품*이 눈이 올 듯하더니, 눈은 아니 오고 얼다가 만 비가 추적추적 내리는 날이었다.

이날이야말로 동소문* 안에서 인력거꾼 노릇을 하는 김 첨지*에게는 오래간만에도 닥친 운수 좋은 날이었다. 문안*에(거기도 문밖은 아니지만) 들어간답시는 앞집 마나님을 전찻길까지 모셔다 드린 것을 비롯으로, 행여나 손님이 있을까 하고 정류장에서 어정어정하며 내리는 사람 하나하나에게 거의 비는 듯한 눈결*을 보내고 있다가, 마침내 교원인 듯한 양복쟁이를 동광학교*까지 태워다 주기로 되었다.

첫 번에 30전, 둘째 번에 50전. 아침 댓바람*에 그리 흉치 않은

* 새침하다 날씨가 푸근하지 못하고 조금 쌀쌀하다.
* 품 그런 모양이나 상태.
* 동소문 옛 서울의 여덟 성문 가운데 하나였던 '혜화문'을 달리 이르는 말.
* 첨지 나이 많은 남자를 낮잡아 이르는 말.
* 문안 서울의 사대문 안.
* 눈결 마음이 눈에 드러난 상태.
* 동광학교 일제강점기에 서울에 세워진 불교 계열 학교.
* 댓바람 아주 이른 시간.

일이었다. 그야말로 재수가 옴 붙어서* 근 열흘 동안 돈 구경도 못한 김 첨지는 10전짜리 백동화* 서 푼 또는 다섯 푼이 찰각하고 손바닥에 떨어질 제, 거의 눈물을 흘릴 만큼 기뻤었다. 더구나 이날 이때에 이 80전이란 돈이 그에게 얼마나 유용한지 몰랐다. 컬컬한 목에 모주* 한 잔도 적실 수 있거니와, 그보다도 앓는 아내에게 설렁탕 한 그릇도 사다 줄 수 있음이다.

그의 아내가 기침으로 쿨룩거리기는 벌써 달포*가 넘었다. 조밥*도 굶기를 먹다시피 하는 형편이니, 물론 약 한 첩 써본 일이 없다. 구태여 쓰려면 못 쓸 바도 아니로되, 그는 병이란 놈에게 약을 주어 보내면 재미를 붙여서 자꾸 온다는 자기의 신조에 어디까지 충실하였다. 따라서 의사에게 보인 적이 없으니 무슨 병인지는 알 수 없으되, 반듯이 누워가지고 일어나기는새로에* 모로*도 못 눕는 걸 보면 중증은 중증인 듯. 병이 이대도록* 심해지기는 열흘 전에 조밥을 먹고 체한 때문이다. 그때도 김 첨지가 오래간만에

* 재수가 옴 붙다 옴이 생긴 것만큼 재수가 아주 없다. '옴'은 진드기가 기생해서 일으키는 전염성 피부병.
* 백동화 은백색의 동전.
* 모주 술을 거르고 남은 찌꺼기에 물을 타서 뿌옇게 걸러낸 탁주.
* 달포 한 달이 조금 넘는 기간.
* 조밥 좁쌀로 짓거나 쌀에 좁쌀을 섞어 지은 밥.
* 일어나기는새로에 일어나기는커녕. '새로에'는 '그만두고' 또는 '커녕'이라는 뜻.
* 모로 비스듬히 옆으로.
* 이대도록 이다지. 이렇게까지.

돈을 얻어서 좁쌀 한 되와 10전짜리 나무 한 단을 사다 주었더니,
김 첨지의 말에 의지하면, 그 오라질* 년이 천방지축*으로 냄비에
대고* 끓였다. 마음은 급하고 불길은 달지* 않아, 채 익지도 않은
것을 그 오라질 년이 숟가락은 고만두고 손으로 움켜서 두 뺨에
주먹 덩이 같은 혹이 불거지도록 누가 빼앗을 듯이 처박질*터니만
그날 저녁부터 가슴이 땅긴다. 배가 켕긴다고 눈을 홉뜨고* 지랄
병을 하였다. 그때 김 첨지는 열화와 같이 성을 내며,

"에이, 오라질 년! 조랑복*은 할 수가 없어. 못 먹어 병, 먹어서
병! 어쩌란 말이야. 왜 눈을 바로 뜨지 못해!"

하고 김 첨지는 앓는 이의 뺨을 한번 후려갈겼다. 홉뜬 눈은 조금
바루어졌건만* 이슬이 맺히었다. 김 첨지의 눈시울도 뜨끈뜨끈한
듯하였다.

이 환자가 그러고도 먹는 데는 물리지 않았다. 사흘 전부터 설
렁탕 국물이 마시고 싶다고 남편을 졸랐다.

---

* 오라질 오라에 묶여 갈 만하다는 뜻으로, 미워하는 대상이나 못마땅한 일에 대하여 비난
하거나 불평할 때 욕으로 하는 말. '오라'는 예전에 죄인을 묶을 때 쓰던 붉고 굵은 줄.
* 천방지축 못난 사람이 종잡을 수 없이 덤벙이는 일. 너무 급하여 허둥지둥 함부로 날뜀.
* 대고 무리하게 자꾸. 계속하여 자꾸.
* 달다 열로 몹시 뜨거워지다. 열을 가하여 물이 졸아들다.
* 처박질 처박는 짓. 마구 쑤셔 넣는 짓.
* 홉뜨다 눈알을 위로 굴리고 눈시울을 위로 치뜨다.
* 조랑복 조롱복. 아주 짧게 타고난 복.
* 바루어지다 바르게 되다.

"이런 오라질 년! 조밥도 못 먹는 년이 설렁탕은……. 또 처먹고 지랄을 하게."

라고 야단을 쳐보았건만, 못 사 주는 마음이 시원치는 않았다.

인제 설렁탕을 사 줄 수도 있다. 앓는 어미 곁에서 배고파 보채는 개똥이(세 살배기)에게 죽을 사 줄 수도 있다. 80전을 손에 쥔 김 첨지의 마음은 푼푼하였다.*

그러나 그의 행운은 그걸로 그치지 않았다. 땀과 빗물이 섞여 흐르는 목덜미를 기름 주머니 다 된 왜목* 수건으로 닦으며 그 학교 문을 돌아 나올 때였다. 뒤에서 "인력거!" 하고 부르는 소리가 난다. 자기를 불러 멈춘 사람이 그 학교 학생인 줄 김 첨지는 한번 보고 짐작할 수 있었다. 그 학생은 다짜고짜로,

"남대문 정거장까지 얼마요?"

라고 물었다. 아마도 그 학교 기숙사에 있는 이로 동기방학*을 이용하여 귀향하려 함이로다. 오늘 가기로 작정은 하였건만, 비는 오고 짐은 있고 해서 어찌할 줄 모르다가 마침 김 첨지를 보고 뛰어나왔음이리라. 그렇지 않으면 왜 구두를 채 신지도 못해서 질질 끌고, 비록 고쿠라* 양복일망정 노박이로* 비를 맞으며 김 첨지를

* 푼푼하다 모자람이 없이 넉넉하다.
* 왜목 광목. 무명실로 폭이 넓게 짠 천.
* 동기방학 겨울방학.
* 고쿠라 일본 기타큐슈의 고쿠라 지역에서 나는 두꺼운 무명 옷감.
* 노박이로 줄곧 계속해서.

뒤쫓아 나왔으랴.

"남대문 정거장까지 말씀입니까?"

하고 김 첨지는 잠깐 주저하였다. 그는 이 우중에 우장*도 없이 그
먼 곳을 철벅거리고 가기가 싫었음일까? 처음 것, 둘째 것으로 고
만 만족하였음일까? 아니다. 결코 아니다. 이상하게도 꼬리를 맞
물고 덤비는 이 행운 앞에 조금 겁이 났음이다. 그리고 집을 나올
제 아내의 부탁이 마음에 켕기었다. 앞집 마나님한테서 부르러 왔
을 제, 병인은 그 뼈만 남은 얼굴에 유일의 생물 같은 유달리 크고
움푹한 눈에 애걸하는 빛을 띠며,

"오늘은 나가지 말아요. 제발 덕분에 집에 붙어 있어요. 내가 이
렇게 아픈데……."

라고 모깃소리같이 중얼거리고 숨을 걸그렁걸그렁하였다. 그때에
김 첨지는 대수롭지 않은 듯이,

"아따, 젠장맞을* 년. 별 빌어먹을 소리를 다 하네. 맞붙들고 앉
았으면 누가 먹여 살릴 줄 알아?"

하고 훌쩍 뛰어나오려니까, 환자는 붙잡을 듯이 팔을 내저으며,

"나가지 말래도 그래. 그러면 일찍이 들어와요."

---

* 우장 비를 맞지 아니하기 위해서 차려입는 복장.
* 젠장맞을 '제기 난장을 맞을'이라는 뜻으로, 뜻에 맞지 아니하여 불평스러울 때 욕으로 하
  는 말. '난장'은 신체의 부위를 가리지 아니하고 마구 때리는 매, 또는 여러 사람이 한꺼번
  에 덤비어 때리는 매를 말한다.

하고 목멘 소리가 뒤를 따랐다.

　정거장까지 가잔 말을 들은 순간에 경련적으로 떠는 손, 유달리 큼직한 눈, 울 듯한 아내의 얼굴이 김 첨지의 눈앞에 어른어른하였다.

　"그래, 남대문 정거장까지 얼마란 말이요?"
하고 학생은 초조한 듯이 인력거꾼의 얼굴을 바라보며 혼잣말같이,

　"인천 차가 열한 점에 있고, 그다음에는 새로 두 점이던가?"
라고 중얼거린다.

　"1원 50전만 줍지요."

　이 말이 저도 모를 사이에 불쑥 김 첨지의 입에서 떨어졌다. 제 입으로 부르고도 스스로 그 엄청난 돈 액수에 놀랐다. 한꺼번에 이런 금액을 불러라도 본 지가 그 얼마 만인가! 그러자 그 돈 벌 욕기˚가 병자에 대한 염려를 사르고˚ 말았다. 설마 오늘 내로 어떠랴 싶었다. 무슨 일이 있더라도 제일 제이의 행운을 합친˚ 것보다도 오히려 곱절˚이 많은 이 행운을 놓칠 수 없다 하였다.

　"1원 50전은 너무 과한데."

˚ 욕기 욕심이 생기는 마음.
˚ 사르다 남김없이 없애버리다.
˚ 원문에는 '갑친'으로 되어 있다. '갑절로 셈한'의 뜻인데, 문맥상 '합친'이 더 자연스럽다.
˚ 곱절 어떤 수나 양을 두 번 합한 만큼.

이런 말을 하며 학생은 고개를 기웃하였다.

"아니올시다. 이수(里數)˚로 치면 여기서 거기가 시오리˚가 넘습니다. 또 이런 진날은 좀 더 주셔야지요."

하고 빙글빙글 웃는 차부˚의 얼굴에는 숨길 수 없는 기쁨이 넘쳐흘렀다.

"그러면 달라는 대로 줄 터이니 빨리 가요."

관대한 어린 손님은 이런 말을 남기고 총총히˚ 옷도 입고 짐도 챙기러 제 갈 데로 갔다.

그 학생을 태우고 나선 김 첨지의 다리는 이상하게 거뿐하였다. 달음질을 한다느니보다 거의 나는 듯하였다. 바퀴도 어떻게 속히 도는지, 구른다느니보다 마치 얼음을 지쳐˚ 나가는 스케이트 모양으로 미끄러져 가는 듯하였다. 언 땅에 비가 내려 미끄럽기도 하였지만.

이윽고 끄는 이의 다리는 무거워졌다. 자기 집 가까이 다다른 까닭이다. 새삼스러운 염려가 그의 가슴을 눌렀다. '오늘은 나가지 말아요. 내가 이렇게 아픈데.' 이런 말이 잉잉 그의 귀에 울렸다. 그리고 병자의 움쑥 들어간 눈이 원망하는 듯이 자기를 노리

• 이수 거리를 '리(里)'의 단위로 나타낸 수.
• 시오리 십 리에 오 리를 더한 거리.
• 차부 소나 말이 끄는 수레를 부리는 사람을 일컫는 말인데, 여기서는 '인력거꾼'을 말함.
• 총총히 매우 급하고 빠른 모양.
• 지치다 얼음 위를 미끄러져 달리다.

는 듯하였다. 그러자 엉엉하고 우는 개똥이의 곡성을 들은 듯싶다. 딸국딸국하고 숨 모으는 소리도 나는 듯싶다…….

"왜 이러우, 기차 놓치겠구면."

하고 탄 이의 초조한 부르짖음이 간신히 그의 귀에 들어왔다. 언뜻 깨달으니 김 첨지는 인력거 채를 쥔 채 길 한복판에 엉거주춤 멈춰 있지 않은가.

"예, 예."

하고 김 첨지는 또다시 달음질하였다. 집이 차차 멀어갈수록 김 첨지의 걸음에는 다시금 신이 나기 시작하였다. 다리를 재게* 놀려야만 쉴 새 없이 자기의 머리에 떠오르는 모든 근심과 걱정을 잊을 듯이.

정거장까지 끌어다 주고 그 깜짝 놀란 1원 50전을 정말 제 손에 쥠에, 제 말마따나 10리나 되는 길을 비를 맞아가며 질퍽거리고 온 생각은 아니 하고, 거저나 얻은 듯이 고마웠다. 졸부나 된 듯이 기뻤다. 제 자식뻘밖에 안 되는 어린 손님에게 몇 번 허리를 굽히며, "안녕히 다녀옵시요."라고 깍듯이 재우쳤다.*

그러나 빈 인력거를 털털거리며 이 우중에 돌아갈 일이 꿈밖이었다. 노동으로 하여 흐른 땀이 식어지자 굶주린 창자에서, 물 흐

---

* 재게 재빨르게.
* 재우치다 어떤 행동이 잇따라 일어나다.

111

르는 옷에서 어슬어슬 한기가 솟아나기 비롯하매, 1원 50전이란 돈이 얼마나 괴치° 않고 괴로운 것인 줄 절절히 느끼었다. 정거장을 떠나가는 그의 발길은 힘 하나 없었다. 온몸이 옹송그려지며° 당장 그 자리에 엎어져 못 일어날 것 같았다.

"젠장맞을 것! 이 비를 맞으며 빈 인력거를 털털거리고 돌아를 간담. 이런 빌어먹을, 제 할미를 붙을° 비가 왜 남의 상판°을 딱딱 때려!"

그는 몹시 화증을 내며 누구에게 반항이나 하는 듯이 게걸거렸다. 그럴 즈음에 그의 머리엔 또 새로운 광명이 비쳤나니, 그것은 '이러구 갈 게 아니라 이 근처를 빙빙 돌며 차 오기를 기다리면 또 손님을 태우게 되는지도 몰라.'란 생각이었다. 오늘은 운수가 괴상하게도 좋으니까 그런 요행이 또 한번 없으리라고 누가 보증하랴. 꼬리를 굴리는 행운이 꼭 자기를 기다리고 있다고 내기를 해도 좋을 만한 믿음을 얻게 되었다. 그렇다고, 정거장 인력거꾼의 등쌀°이 무서우니, 정거장 앞에 섰을 수는 없었다. 그래 그는 이전에도 여러 번 해본 일이라, 바로 정거장 앞 전차 정류장에서 조금 떨어지게 사람 다니는 길과 전찻길 틈에 인력거를 세워놓고는 자

• 괴하다 별나며 괴상하다. 여기서는 '특별하다'에 가까운 뜻.
• 옹송그리다 춥거나 두려워 몸이 움츠러들다.
• 제 할미를 붙을 '제미붙을'에서 파생한 말로, 남을 경멸하거나 저주할 때 욕으로 하는 말.
• 상판 '얼굴'을 속되게 이르는 말.
• 등쌀 몹시 귀찮게 구는 짓.

112

기는 그 근처를 빙빙 돌며 형세를 관망하기로 하였다.

얼마 만에 기차는 왔다. 수십 명이나 되는 손이 정류장으로 쏟아져 나왔다. 그중에서 손님을 물색하는 김 첨지의 눈엔 양머리°에 뒤축 높은 구두를 신고 망토까지 두른, 기생 퇴물인 듯, 난봉° 여학생인 듯한 여편네의 모양이 띄었다. 그는 슬근슬근 그 여자의 곁으로 다가들었다.

"아씨, 인력거 아니 타시랍시요?"

그 여학생인지 뭔지가 한참은 매우 태깔°을 띠며 입술을 꼭 다문 채 김 첨지를 거들떠보지도 않았다. 김 첨지는 구걸하는 거지나 무엇같이 연해연방° 그의 기색을 살피며,

"아씨, 정거장 애들보다 아주 싸게 모셔다 드리겠습니다. 댁이 어디신가요?"

하고 추근추근하게도° 그 여자의 들고 있는 일본식 버들고리짝°에 제 손을 대었다.

"왜 이래, 남 귀찮게."

- 양머리 서양식으로 꾸민 여자의 머리.
- 난봉 헛되고 방탕한 짓을 일삼는 사람.
- 태깔 교만한 태도.
- 연해연방 끊임없이 잇따라 자꾸.
- 추근추근하다 끈질기고 꾸준하다.
- 버들고리짝 고리버들(버드나무의 한 가지)의 가지로 엮어 만든 상자. 주로 옷을 넣는 데 쓴다.

소리를 벽력*같이 지르고는 홱 돌아선다. 김 첨지는 '어랍시요'
하고 물러섰다.

전차가 왔다. 김 첨지는 원망스럽게 전차 타는 이를 노리고 있
었다. 그러나 그의 예감은 틀리지 않았다. 전차가 빡빡하게 사람
을 싣고 움직이기 시작하였을 제, 타고 남은 손 하나가 있었다. 굉
장하게 큰 가방을 들고 있는 걸 보면, 아마 붐비는 차 안에 짐이
크다 하여 차장에게 밀려 내려온 눈치였다. 김 첨지는 대어 섰다.

"인력거를 타시랍시요."

한동안 값으로 승강*을 하다가 60전에 인사동까지 태워다 주기
로 하였다.

인력거가 무거워지매 그의 몸은 이상하게도 가벼워졌다. 그리
고 또 인력거가 가벼워지니 몸은 다시금 무거워졌건만, 이번에는
마음조차 초조해 온다. 집엣 광경이 자꾸 눈앞에 어른거려 이제
요행을 바랄 여유도 없었다. 나뭇등걸이나 무엇 같고 제 것 같지
도 않은 다리를 연해 꾸짖으며 갈팡질팡 뛰는 수밖에 없었다. '저
놈의 인력거꾼이 저렇게 술이 취해가지고 이 진 땅에 어찌 가노.'
라고 길 가는 사람이 걱정을 하리만큼 그의 걸음은 황급하였다.
흐리고 비 오는 하늘은 어둠침침하게 벌써 황혼에 가까운 듯하다.

---

* 벽력 벼락.
* 승강 승강이. 실랑이. 서로 자기가 옳다며 옥신각신하는 일.

창경원 앞까지 다다라서야 그는 턱에 닿은 숨을 돌리고 걸음도 늦추잡았다. 한 걸음 두 걸음 집이 가까워갈수록 그의 마음조차 괴상하게 누그러웠다. 그런데 이 누그러움은 안심에서 오는 게 아니요, 자기를 덮친 무서운 불행을 빈틈없이 알게 될 때가 박두한* 것을 두리는* 마음에서 오는 것이다. 그는 불행이 다닥치기* 전 시간을 얼마쯤이라도 늘리려고 버르적거렸다*. 기적에 가까운 벌이를 하였다는 기쁨을, 할 수 있으면 오래 지니고 싶었다. 그는 두리번두리번 사면을 살폈다. 그 모양은 마치 자기 집, 곧 불행을 향하고 달려가는 제 다리를 제 힘으로는 도저히 어찌할 수 없으니 누구든지 나를 좀 잡아다고, 구해다고 하는 듯하였다.

그럴 즈음에 마침 길가 선술집에서 그의 친구 치삼이가 나온다. 그의 우글우글 살찐 얼굴에 주홍이 돋는 듯, 온 턱과 뺨을 시커멓게 구레나룻이 덮였거든, 노르탱탱한 얼굴이 바짝 말라서 여기저기 고랑이 파이고, 수염도 있대야 턱밑에만 마치 솔잎 송이를 거꾸로 붙여놓은 듯한 김 첨지의 풍채하고는 기이한 대상*을 짓고 있었다.

• 박두하다 기일이나 시기가 가까이 닥쳐오다.
• 두리다 두려워하다.
• 다닥치다 일이나 사건 따위가 가까이 이르다.
• 버르적거리다 고통스러운 일이나 어려운 고비에서 벗어나려고 팔다리를 내저으며 몸을 자꾸 움직이다.
• 대상 대조적인 모습.

"여보게 김 첨지. 자네 문안 들어갔다 오는 모양일세그려. 돈 많이 벌었을 테니 한잔 빨리게."

뚱뚱보는 말라깽이를 보던 맡*에 부르짖었다. 그 목소리는 몸집과 딴판으로 연하고 싹싹하였다. 김 첨지는 이 친구를 만난 게 어찌나 반가운지 몰랐다. 자기를 살려준 은인이나 무엇같이 고맙기도 하였다.

"자네는 벌써 한잔한 모양일세그려. 자네도 오늘 재미가 좋았나 보이."

하고 김 첨지는 얼굴을 펴서 웃었다.

"아따, 재미 안 좋다고 술 못 먹을 낸가. 그런데 여보게, 자네 온몸이 어째 물독에 빠진 새앙쥐 같은가? 어서 이리 들어와 말리게."

선술집은 훈훈하고 따뜻하였다. 추어탕을 끓이는 솥뚜껑을 열적마다 뭉게뭉게 떠오르는 흰 김, 석쇠에서 뻐지짓뻐지짓 구워지는 너비아니, 굴이며 제육이며 간이며 콩팥이며 북어며 빈대떡 등이 너저분하게 늘어놓인 안주 탁자. 김 첨지는 갑자기 속이 쓰려서 견딜 수 없었다. 마음대로 할 양이면 거기 있는 모든 먹음먹이*를 모조리 깡그리 집어삼켜도 시원치 않았다. 하되, 배고픈 이는

• 맡 어떤 일을 하는 바로 그 순간.
• 먹음먹이 먹음직한 음식들.

116

우선 분량 많은 빈대떡 두 개를 쪼이기로* 하고 추어탕을 한 그릇 청하였다. 주린 창자는 음식 맛을 보더니 더욱더욱 비어지며 자꾸 자꾸 들이라 들이라 하였다. 순식간에 두부와 미꾸리* 든 국 한 그 릇을 그냥 물같이 들이켜고 말았다. 셋째 그릇을 받아 들었을 제, 데우던 막걸리 곱빼기 두 잔이 더웠다. 치삼이와 같이 마시자, 원 원이* 비었던 속이라 찌르르하고 창자에 퍼지며 얼굴이 화끈하였 다. 눌러 곱빼기 한 잔을 또 마셨다. 김 첨지의 눈은 벌써 개개풀 리기 시작하였다. 석쇠에 얹힌 떡 두 개를 쭝덕쭝덕* 썰어서 볼을 볼록거리며 또 곱빼기 두 잔을 부어라 하였다.

치삼은 의아한 듯이 김 첨지를 보며,

"여보게 또 붓다니. 벌써 우리가 넉 잔씩 먹었네. 돈이 40전일 세."

라고 주의시켰다.

"아따 이놈아, 40전이 그리 끔찍하냐? 오늘 내가 돈을 막 벌었 어. 참 오늘 운수가 좋았느니."

"그래 얼마를 벌었단 말인가?"

"30원을 벌었어, 30원을! 이런 젠장맞을, 술을 왜 안 부어…….

- 쪼이다 새가 부리로 먹이를 쪼아 먹는 모습에 견주어, 젓가락으로 음식을 집어 먹는 것을 이르는 말.
- 미꾸리 미꾸라지.
- 원원이 본디부터.
- 쭝덕쭝덕 숭덩숭덩. 연한 물건을 조금 큼직하게 빨리 써는 모양.

괜찮다 괜찮아. 막 먹어도 상관이 없어. 오늘 돈 산더미같이 벌었
는데."

"어, 이 사람 취했군. 고만두세."

"이놈아, 그걸 먹고 취할 내냐? 어서 더 먹어."

하고는 치삼의 귀를 잡아채며 취한 이는 부르짖었다. 그리고 술을
붓는 열대여섯 살 됨 직한 중대가리에게로 달려들며,

"이놈, 오라질 놈, 왜 술을 붓지 않어!"

라고 야단을 쳤다. 중대가리는 희희 웃고 치삼을 보며 문의하는 듯
이 눈짓을 하였다. 주정꾼이 이 눈치를 알아보자 화를 버럭 내며,

"에미를 붙을 이 오라질 놈들 같으니! 이놈, 내가 돈이 없을 줄
알고."

하자마자 허리춤을 훔칫훔칫˚ 하더니 1원짜리 한 장을 꺼내어 중
대가리 앞에 펄쩍 집어 던졌다. 그 사품˚에 몇 푼 은전이 잘그랑하
며 떨어진다.

"여보게, 돈 떨어졌네. 왜 돈을 막 끼었나."

이런 말을 하며 일변 돈을 줍는다. 김 첨지는 취한 중에도 돈의
거처를 살피려는 듯이 눈을 크게 떠서 땅을 내려다보다가 불시에
제 하는 짓이 너무 더럽다는 듯이 고개를 소스라치자˚ 더욱 성을

• 훔칫훔칫 보이지 않는 곳에 있는 것을 찾으려고 손으로 더듬어 만지는 모양.
• 사품 어떤 동작이나 일이 진행되는 그 순간.
• 소스라치다 깜짝 놀라 몸을 갑자기 떠는 듯이 움직이다.

내며,

"봐라, 봐! 이 더러운 놈들아! 내가 돈이 없나. 다리 뼉다구를 꺾어놓을 놈들 같으니."

하고 치삼이 주워 주는 돈을 받아,

"이 원수엣 돈! 이 육시를 할 돈!"

하면서 풀매질*을 친다. 벽에 맞아 떨어진 돈은 다시 술 끓이는 양푼에 떨어지며 정당한 매를 맞는다는 듯이 쨍하고 울었다.

곱빼기 두 잔은 또 부어질 겨를도 없이 말려가고 말았다. 김 첨지는 입술과 수염에 붙은 술을 빨아들이고 나서 매우 만족한 듯이 그 솔잎 송이 수염을 쓰다듬으며,

"또 부어, 또 부어."

라고 외쳤다.

또 한 잔 먹고 나서 김 첨지는 치삼의 어깨를 치며 문득 깔깔 웃는다. 그 웃음소리가 어찌나 컸던지 술집에 있는 이의 눈은 모두 김 첨지에게로 몰렸다. 웃는 이는 더욱 웃으며,

"여보게 치삼이, 내 우스운 이야기 하나 할까? 오늘 손을 태우고 정거장에까지 가지 않았겠나."

"그래서?"

"갔다가 그저 오기가 안됐데그려. 그래 전차 정류장에서 어름어

---

* 풀매질 팔매질. 손에 쥐고 멀리 내던지는 일.

름하며 손님 하나를 태울 궁리를 하지 않았나. 거기 마침 마나님이신지 여학생이신지 (요새야 어디 논다니˚와 아가씨를 구별할 수가 있던가) 망토를 잡수시고˚ 비를 맞고 서 있겠지. 슬근슬근 가까이 가서, '인력거 타시랍시요' 하고 손가방을 받으려니까 내 손을 탁 뿌리치고 휙 돌아서더니만 '왜 남을 이렇게 귀찮게 굴어!' 그 소리야말로 꾀꼬리 소리지, 허허!"

김 첨지는 교묘하게도 정말 꾀꼬리 같은 소리를 내었다. 모든 사람은 일시에 웃었다.

"빌어먹을 깍쟁이 같은 년. 누가 저를 어쩌나. '왜 남을 귀찮게 굴어!' 어이구 소리가 채신도 없지˚, 허허."

웃음소리들은 높아졌다. 그러나 그 웃음소리들이 사라지기도 전에 김 첨지는 훌쩍훌쩍 울기 시작하였다.

치삼은 어이없이 주정뱅이를 바라보며,

"금방 웃고 지랄을 하더니, 우는 건 또 무슨 일인가?"

김 첨지는 연해 코를 들이마시며,

"우리 마누라가 죽었다네."

"뭐, 마누라가 죽다니, 언제?"

"이놈아 언제는, 오늘이지."

• 논다니 웃음과 몸을 파는 여자를 속되게 이르는 말.
• 잡숫다 입다. 궁중에서, '옷을 입음'을 이르던 말.
• 채신없다 처신없다. 말이나 행동이 경솔하여 위엄이나 신망이 없다.

"예끼 미친놈, 거짓말 말아."

"거짓말은 왜, 참말로 죽었어, 참말로⋯⋯. 마누라 시체를 집에 뻐들쳐 놓고˚ 내가 술을 먹다니. 내가 죽일 놈이야, 죽일 놈이야."

하고 김 첨지는 엉엉 소리를 내어 운다.

치삼은 흥이 조금 깨어지는 얼굴로,

"원 이 사람이, 참말을 하나 거짓말을 하나. 그러면 집으로 가세, 가."

하고 우는 이의 팔을 잡아당기었다.

치삼의 잡는 손을 뿌리치더니, 김 첨지는 눈물이 글썽글썽한 눈으로 싱그레 웃는다.

"죽기는 누가 죽어."

하고 득의양양.

"죽기는 왜 죽어. 생때같이˚ 살아만 있단다. 그 오라질 년이 밥을 죽이지. 인제 나한테 속았다, 인제 나한테 속았다."

하고 어린애 모양으로 손뼉을 치며 웃는다.

"이 사람이 정말 미쳤단 말인가. 나도 아주머니가 앓는단 말은 들었는데⋯⋯."

하고 치삼이도 어떤 불안을 느끼는 듯이 김 첨지에게 또 돌아가라

* 뻐들쳐 놓다 '팽개쳐 두다, 내팽개쳐 놓다'는 뜻을 지닌 방언.
* 생때같다 아무 탈 없이 멀쩡하다.

고 권하였다.

"안 죽었어, 안 죽었대도 그래."

김 첨지는 화증을 내며 확신 있게 소리를 질렀으되, 그 소리엔 안 죽은 것을 믿으려고 애쓰는 가락˙이 있었다. 기어이 1원어치를 채워서 곱빼기 한 잔씩 더 먹고 나왔다. 궂은비는 의연히˙ 추적추적 내린다.

김 첨지는 취중에도 설렁탕을 사가지고 집에 다다랐다. 집이라 해도 물론 셋집이요, 또 집 전체를 세 든 게 아니라 안과 뚝 떨어진 행랑방 한 칸을 빌려 든 것인데, 물을 길어 대고 한 달에 1원씩 내는 터이다. 만일 김 첨지가 주기˙를 띠지 않았던들 한 발을 대문 안에 들여놓았을 제 그곳을 지배하는 무시무시한 정적, 폭풍우가 지나간 뒤의 바다 같은 정적에 다리가 떨렸으리라. 쿨룩거리는 기침 소리도 들을 수 없다. 그르렁거리는 숨소리조차 들을 수 없다. 다만 이 무덤 같은 침묵을 깨뜨리는, 깨뜨린다느니보다 한층 더 침묵을 깊게 하고 불길하게 하는 빡빡 하는 그윽한 소리, 어린애의 젖 빠는 소리가 날 뿐이다. 만일 청각이 예민한 이 같으면, 그 빡빡 소리는 빨 따름이요, 꿀떡꿀떡하고 젖 넘어가는 소리가 없으

˙ 가락 목소리의 높낮이나 길이를 통해 느껴지는 말의 기운.
˙ 의연히 전과 다름이 없이.
˙ 주기 술에 취한 기운.

니 빈 젖을 빤다는 것도 짐작할는지 모르리라.

혹은 김 첨지도 이 불길한 침묵을 짐작했는지도 모른다. 그렇지 않으면 대문에 들어서자마자 전에 없이,

"이 난장맞을 년, 남편이 들어오는데 나와 보지도 안 해, 이 오라질 년."

이라고 고함을 친 게 수상하다. 이 고함이야말로 제 몸을 엄습해°오는 무시무시한 증°을 쫓아버리려는 허장성세°인 까닭이다.

하여간 김 첨지는 방문을 왈칵 열었다. 구역을 나게 하는 추기°—떨어진 삿자리° 밑에서 올라온 먼지내, 빨지 않은 기저귀에서 나는 똥내와 오줌내, 가지각색 때가 켜켜이 앉은 옷내, 병인의 땀 썩은 내가 섞인 추기가 무딘 김 첨지의 코를 찔렀다.

방 안에 들어서며 설렁탕을 한구석에 놓을 사이도 없이, 주정꾼은 목청을 있는 대로 다 내어 호통을 쳤다.

"이런 오라질 년! 주야장천° 누워만 있으면 제일이야! 남편이 와도 일어나지를 못해!"

라는 소리와 함께 발길로 누운 이의 다리를 몹시 찼다. 그러나 발

· 엄습하다 감정, 생각, 감각 따위가 갑작스럽게 들이닥치거나 덮치다.
· 증 싫은 생각이나 느낌.
· 허장성세 실속은 없으면서 큰소리치거나 허세를 부림.
· 추기 송장이 썩어서 흐르는 물. 여기서는 그 물에서 나는 역한 냄새를 뜻함.
· 삿자리 갈대를 엮어서 만든, 앉거나 누울 수 있도록 바닥에 까는 물건.
· 주야장천 밤낮으로 쉬지 않고 연달아.

길에 차이는 건 사람의 살이 아니고 나뭇등걸과 같은 느낌이 있었다. 이때에 빡빡 소리가 응아 소리로 변하였다. 개똥이가 물었던 젖을 빼어놓고 운다. 운대도, 온 얼굴을 찡그려 붙여서 운다는 표정을 할 뿐이다. 응아 소리도 입에서 나는 게 아니고 마치 배 속에서 나는 듯하였다. 울다가 울다가 목도 잠겼고, 또 울 기운조차 시진한˙ 것 같다.

발로 차도 그 보람이 없는 걸 보자, 남편은 아내의 머리맡으로 달려들어 그야말로 까치집 같은 환자의 머리를 꺼들어˙ 흔들며,

"이년아, 말을 해, 말을! 입이 붙었어, 이 오라질 년!"

"……."

"응으, 이것 봐. 아무 말이 없네."

"……."

"이년아, 죽었단 말이냐? 왜 말이 없어?"

"……."

"응으, 또 대답이 없네. 정말 죽었나 보이."

이러다가 누운 이의 흰창이 검은창을 덮은, 위로 치뜬 눈을 알아보자마자,

"이 눈깔! 이 눈깔! 왜 나를 바로 보지 못하고 천장만 보느냐,

˙ 시진하다 기운이 다 빠져 없어지다.
˙ 꺼들다 당겨서 치켜들다.

124

응?"

하는 말끝엔 목이 메었다. 그러자 산 사람의 눈에서 떨어진 닭똥 같은 눈물이 죽은 이의 뻣뻣한 얼굴을 어룽어룽 적신다. 문득 김 첨지는 미친 듯이 제 얼굴을 죽은 이의 얼굴에 한데 비벼대며 중얼거렸다.

"설렁탕을 사다 놓았는데 왜 먹지를 못하니, 왜 먹지를 못하니…… 괴상하게도 오늘은 운수가 좋더니만……."

《개벽》 1924년 6월호에 실린 작품을 바탕으로 함.

작품 이해하기

1924년 6월 《개벽》에 발표된 이 작품은, 현진건의 대표적인 소설로 1920년대 식민 통치의 황폐하고 처절한 시대상을 사실적으로 보여주고 있다.

인력거꾼인 김 첨지에게는 세 살배기 개똥이와 앓는 아내가 있다. 한 달 넘게 기침을 하던 아내는 열흘 전 조밥을 먹다 체해서 증상이 더욱 심해진다. 김 첨지는 나가지 말라는 아내의 부탁을 뒤로하고 집 밖을 나선다. 열흘 넘게 돈 구경을 못 하다가 겨울비가 추적추적 내리는 오늘, 이상하게도 인력거 손님이 연달아 생기면서 꽤 돈을 벌게 된다. 앞집 마나님을 시작으로 교원인 듯한 양복쟁이, 남대문 정거장까지 가는 학생, 큰 가방을 든 손님까지…… 오늘은 이상하게도 운이 좋다.

그러나 김 첨지는 두렵다. 이상하게도 꼬리를 맞물고 덤비는 이 행운 앞에 겁이 난다. 오늘은 나가지 말라고 애걸하는 빛을 띠던 아내의 얼굴이 어른거린다. 집에 가까워질수록 아내와 개똥이의 울음소리가 들리는 듯하다. 그러나 다시 집에서 멀어질수록, 인력거가 무거울수록 김 첨지의 발걸음은 가볍다. 치삼이와 술을 마시면서 불행을 마주할 시간을 얼마쯤이라도 미룬다. 그러나 엄습하는 두려움을 감출 수가 없다. 술에 취한 채 술주정을 부린 후 집안에 들어섰을 때, 아내는 이미 죽어 싸늘한 시신이 되어 있었고 개똥이는 울다 지쳐 소리도 내지 못한다. 김 첨지는 '설렁탕을 사다 놓았는데 왜 먹지를 못하니.'라며 죽은 아내를 붙잡고 오열하며 소설은 마무리된다.

이 소설의 제목 '운수 좋은 날'은 이러한 결말을 더 아프게 한다. 독자는 끊임없이 이어지는 운수 좋음에 대한 묘사를 읽으며 운수 사나움을 예견한다. 불행했던 김 첨지에게 이어지는 끝없는 행운. 그 또한 이 행운이 두렵다. 작가는 이 행운의 두려움을 처음 부분에서 살짝 드러내 보인다. '새침하게 흐린 품이 눈이 올 듯하더니, 눈은 아니 오고 얼다가 만 비가 추적추적 내리는 날이었다.'라는 소설의 첫 문장은 그래서 아프다. 행운을 두려워하는 김 첨지의 심리와 술주정은 그래서 안타깝다.

이 소설이 더 안타까운 것은, 단지 소설 속 상황만은 아니라는 점이다. 일제의 수탈로 황폐해진 식민지 시대를 살아가는 하층민의 삶은 소설보다 더 참혹했을 것이다. 현진건은 아이러니를 통해 이 참혹한 삶의 모습을 보여준다. 운수 좋음도 운수 좋음으로 받아들일 수 없었던 일제강점기의 아픈 현실을 우리에게 보낸다. 현진건은 이 소설뿐만 아니라 〈사립정신병원장〉, 〈고향〉, 〈동정〉, 〈신문지와 철창〉, 〈서투른 도적〉과 같은 작품에서 처절한 삶을 살아가는 하층민의 삶을 담아내며, 당대의 문제를 예리하게 보여준다.

작품 깊이읽기

김 첨지는 아내를 사랑하는 걸까?

김 첨지는 아픈 아내에게 욕을 하고 뺨을 때리는 등 지금으로서는 상상하기 힘든 행동을 한다. 부부 사이에 할 수 없는 행동이다. 과연 김 첨지는 아내를 사랑하기는 하는 건지 의문이 든다.

그러나 1920년대라는 시대적 배경을 바탕으로 이 소설을 읽으면 김 첨지의 다른 모습이 보인다. 돈이 생기자마자 아내에게 설렁탕 한 그릇을 사다 줄 수 있다고 생각하는 장면, 체해서 괴로워하는 아내에게 욕을 하고 뺨을 때리지만 김 첨지 역시 눈물을 흘리는 장면, 설렁탕을 사주지 못해서 마음 아파하는 장면을 보면, 비록 표현은 거칠지만 아내를 사랑하고 가족을 사랑한다는 것을 알 수 있다. 작가는 이 언어적 아이러니를 통해 무뚝뚝하고 거친, 가난한 이의 애정을 슬프게 그려내고 있다.

자기 신조에 충실한 김 첨지

아내는 병원에서 진료를 받은 적도 없고 약 한 첩 써본 일이 없다. 김 첨지는 병이란 놈에게 약을 주어 보내면 재미를 붙여서 자꾸 온다고 믿는 사람이기 때문이다. 고지식하고 외고집을 부리는 사람이다. 그러나 잘 살펴보면 이는 어쩔 수 없는 상황에서 생긴 자기 신조이다. 병원에 갈 수도 없는 상황에서 이런 자기 신조라도 없으면 견딜 수 없었을 것이다.

김 첨지가 1920년대 조선에서 할 수 있는 일이란 몸을 쓰는 것뿐이다. 배 우지도 못하고 농사지을 땅도 없으니, 부지런히 인력거로 사람들을 실어 날 라야 한다. 하지만 전차에 손님을 뺏기고 인력거꾼도 넘쳐나서 돈 한 푼 못 벌 때가 많다. 이런 상황에서 살아남으려면 몸 아픈 것쯤은 <u>스스로 견뎌낼 수밖에 없는 것이다.</u> 하지만 결국 아내가 죽게 되었으니, 참으로 비참한 자 기 신조라 하겠다.

이 원수엣 돈! 육시를 할 돈!

김 첨지는 가난하다. 아픈 아내에게 약을 지어줄 수도 없고, 근 열흘 동안 돈 구경도 못 할 때가 있다. 앓는 아내가 설렁탕이 먹고 싶다고 했으나 설렁탕 은 고사하고 좁쌀 한 되와 10전짜리 나무 한 단을 사는 것도 힘들 만큼 가난 하다. 한꺼번에 1원 50전이라는 금액을 불러라도 본 지가 언제인지 까마득 할 정도로 돈이 없다.

1920년대 하층민의 삶을 대변하고 있는 김 첨지에게 돈은 원수 같다. 이 미 죽은 사람의 시체에 다시 목을 베는 형벌인 '육시'를 하고 싶을 만큼 돈이 밉다. 그래서 홧김에 돈을 던진다. 그러자 돈은 마치 '정당한 매를 맞는다는 듯이 쨍하고 울었다.' 돈이 원수고 돈 때문에 이 비극이 생겼다는 것을 서술자 역시 공감하고 있다는 표현이다.

새침하게 흐린 날 내리는 얼다가 만 비

추적추적 겨울비가 내리면서 시작하는 오늘의 날씨는 소설의 전체적인 분위기를 형성한다. 비극적 결말을 암시한다고 볼 수도 있다. 인력거를 끌어야 하는 김 첨지에게 겨울비가 내리는 궂은날은 일하기가 더 어려운 날이다. 우비도 없이 온몸으로 차가운 겨울비를 맞아야 하는 하층민의 삶을 비유적으로 보여주는 표현이다. 또한 소설의 차가운 결말을 암시해 주는 역할도 한다.

김 첨지 집의 냄새와 소리에 대한 묘사 역시 마찬가지이다. 아내의 죽음을 냄새와 소리로 먼저 묘사한다. '무덤 같은 침묵'과 '구역을 나게 하는 추기'가 불길한 예감을 암시하면서 비극적 결말로 사건을 이끌어간다. 이러한 묘사를 통해 소설의 결말을 암시하는 작가의 능력 또한 이 소설이 주는 매력 가운데 하나이다.

괴상하게도 오늘은 운수가 좋더니만

이상하게 손님이 연달아 인력거를 타면서 김 첨지는 근 열흘 만에 큰돈을 벌었다. 괴상할 만큼 운수가 좋은 날이다. 그러나 김 첨지는 불안하다. 예기치 않은 행운이 자신에게 찾아올 리가 없는데, 얼마나 큰 시련이 닥치려고 이런 행운이 연달아 터지는 걸까. 김 첨지는 앓는 아내가 있는 집으로 가는 것을 최대한 미룬다. 진실을 마주할 용기가 나지 않는다. 두렵고 불안하다.

결국 아내는 죽었고, 운수 좋은 날이었던 오늘은 최악의 날이 되었다. 작가는 김 첨지와 독자를 가장 행복한 순간으로 몰아넣고, 결국 마지막 반전으로 최악의 날을 맞게 하는 상황에 닥치게 한다. 가장 비극적인 날을 '운수 좋은 날'이라고 반어적으로 표현하고 있다. 아내에게 설렁탕을 먹이기 위해 일을 나갔건만, 결국 아내는 설렁탕을 먹지 못하게 되어버린 아이러니한 상황을 극적으로 보여준다.

술 권하는 사회

피   아   노

할머니의 죽음

운수 좋은 날

고   향

고향

대구에서 서울로 올라오는 차 중에서 생긴 일이다. 나는 나와 마
주 앉은 그를 매우 흥미 있게 바라보고 또 바라보았다. 두루마기
격으로 기모노를 둘렀고, 그 안에선 옥양목˚ 저고리가 내어 보이
며, 아랫도리엔 중국식 바지를 입었다. 그것은 그네들이 흔히 입
는, 유지˚ 모양으로 번질번질한 암갈색 피륙으로 지은 것이었다.
그리고 발은 감발˚을 하였는데 짚신을 신었고, 고부가리˚로 깎은
머리엔 모자도 쓰지 않았다. 우연히 이따금 기묘한 모임을 꾸미는
것이다.

우리가 자리를 잡은 찻간에는 공교스럽게 세 나라 사람이 다 모
였으니, 내 옆에는 중국 사람이 기대었고, 그의 옆에는 일본 사람
이 앉아 있었다. 그는 동양 삼국 옷을 한 몸에 감은 보람이 있어

* 옥양목 빛이 희고 얇은 고운 무명(솜에서 뽑은 실로 짠 천).
* 유지 기름을 먹인 종이.
* 감발 버선이나 양말 대신 발에 감는 좁고 긴 무명천. 주로 먼 길을 걸어야 할 때나 막일을
  할 때 썼다.
* 고부가리 아주 짧게 깎은 머리를 뜻하는 일본어.

일본말로 곧잘 철철대이거니와* 중국말에도 그리 서툴지 않은 모양이었다.

"도꼬마데 오이데 데스까(어디까지 가십니까)?"

하고 첫마디를 걸더니만, 동경이 어떠니, 대판*이 어떠니, 조선 사람은 고추를 끔찍이 많이 먹는다는 둥, 일본 음식은 너무 싱거워서 처음에는 속이 뉘엿거린다는 둥, 횡설수설 지껄이다가 일본 사람이 엄지와 검지손가락으로 짧게 끊은 꼿꼿한 윗수염을 비비면서 마지못해 까땍까땍하는 고개와 함께 "소오데스까(그렇습니까)?"란 한마디로 코대답을 할 따름이요 잘 받아주지 않으매, 그는 또 중국인을 붙들고 실랑이를 한다. "니상 나얼취(어디 가십니까)?" "니싱 섬마(이름이 무엇입니까)?" 하고 덤벼보았으나 중국인 또한 그 기름 낀 뚜한* 얼굴에 수수께끼 같은 웃음을 띨 뿐이요 별로 대꾸를 하지 않았건만, 그래도 무어라고 연해 웅얼거리면서 나를 보고 웃어 보였다.

그것은 마치 짐승을 놀리는 요술쟁이가 구경꾼을 바라볼 때처럼 훌륭한 제 재주를 갈채*해 달라는 웃음이었다.

나는 쌀쌀하게 그의 시선을 피해버렸다. 그 주적대는* 꼴이 어

---

* 철철대이거니와 정확한 뜻을 알 수 없음.
* 대판 오사카.
* 뚜하다 말이 없고 언짢아하는 기색이 있다.
* 갈채 외침이나 박수 따위로 찬양이나 환영의 뜻을 나타냄.
* 주적대다 주책없이 잘난 체하며 자꾸 떠들다.

쭙잖고 밉살스러웠음이다. 그는 잠깐 입을 닥치고 무료한 듯이 머리를 더억더억 긁기도 하며, 손톱을 이로 물어뜯기도 하고, 멀거니 차창 밖을 내다보기도 하다가, 암만해도 지절대지 않고는 못 참겠던지 문득 나에게로 향하며,

"어디꺼정 가는기요?"

라고 경상도 사투리로 말을 붙인다.

"서울까지 가오."

"그런기요. 참 반갑구마. 나도 서울꺼정 가는데. 그러면 우리 동행이 되겠구마."

나는 이 지나치게 반가워하는 말씨에 대하여 무어라고 대답할 말도 없고, 또 굳이 대답하기도 싫기에 덤덤히 입을 닥쳐버렸다.

"서울에 오래 살았는기요?"

그는 또 물었다.

"육칠 년이나 됩니다."

조금 성가시다 싶었으되, 대꾸 않을 수도 없었다.

"에이구, 오래 살았구마. 나는 처음 길인데, 우리 같은 막벌이 꾼이 차를 내려서 어데로 찾아가야 되겠는기요? 일본으로 말하면 기진야도* 같은 것이 있는기요?"

하고 그는 답답한 제 신세를 생각했던지 찡그려 보였다.

---

* 기진야도 노동자 합숙소를 뜻하는 일본어.

그때, 나는 그의 얼굴이 웃기보다 찡그리기에 가장 적당한 얼굴임을 발견하였다. 군데군데 찢어진 경성드뭇한˚ 눈썹이 올올이 일어서며 아래로 축 처지는 서슬에 양미간에는 여러 가닥 주름이 잡히고, 광대뼈 위로 뺨 살이 실룩실룩 보이자 두 볼은 쪽 빨아든다. 입은 소태˚나 먹은 것처럼 왼편으로 비뚤어지게 찢어 올라가고, 조이던˚ 눈엔 눈물이 괸 듯 삼십 세밖에 안 되어 보이는 그 얼굴이 십 년가량은 늙어진 듯하였다. 나는 그 신산스러운˚ 표정에 얼마쯤 감동이 되어서 그에게 대한 반감이 풀려지는 듯하였다.

　"글쎄요. 아마 노동 숙박소란 것이 있지요."

　노동 숙박소에 대해서 미주알고주알˚ 묻고 나서,

　"시방 가면 무슨 일자리를 구하겠는기요?"

라고 그는 매달리는 듯이 또 재우쳤다.

　"글쎄요. 무슨 일자리를 구할 수 있을는지요."

　나는 내 대답이 너무 냉랭하고 불친절한 것이 죄송스러웠다. 그러나 일자리에 대하여 아무 지식이 없는 나로서는 이 외에 더 좋은 대답을 해줄 수가 없었던 것이다. 그 대신 나는 은근하게 물었다.

　"어디서 오시는 길입니까?"

・ 경성드뭇하다 많은 수효가 듬성듬성 흩어져 있다.
・ 소태 소태나무의 껍질. 약재로 쓰이는데 쓴맛이 난다.
・ 조이던 정확한 뜻을 알 수 없음.
・ 신산스럽다 보기에 사는 것이 힘들고 고생스러운 데가 있다.
・ 미주알고주알 아주 사소한 일까지 속속들이.

"흥, 고향에서 오누마."

하고 그는 휘 한숨을 쉬었다. 그러자 그의 신세타령의 실마리는 풀려 나왔다.

그의 고향은 대구에서 멀지 않은 K군 H란 외딴 동리였다. 한 100호 남짓한 그곳 주민은 전부가 역둔토*를 파먹고 살았는데, 역둔토로 말하면 사삿집* 땅을 부치는 것보다 떨어지는 것이 후하였다. 그러므로 넉넉지는 못할망정 평화로운 농촌으로 남부럽지 않게 지낼 수 있었다. 그러나 세상이 뒤바뀌자 그 땅은 전부가 동양척식회사의 소유에 들어가고 말았다. 직접으로 회사에 소작료를 바치게나 되었으면 그래도 나으련만, 소위 중간 소작인이란 것이 생겨나서, 저는 손에 흙 한번 만져보지도 않고, 동척*엔 소작인 노릇을 하며 실작인에게는 지주 행세를 하게 되었다. 동척에 소작료를 물고 나서 또 중간 작인에게 긁히고 보니, 실작인의 손에는 소출의 3할도 떨어지지 않았다. 그 후로 '죽겠다' '못 살겠다' 하는 소리는 중이 염불하듯 그들의 입길에서 오르내리게 되었다. 남부여대*하고 타처로 유리하는* 사람만 늘고, 동리는 점점

* 역둔토 국유지.
* 사삿집 개인이 살림하는 집.
* 동척 '동양척식주식회사'를 줄여 이르는 말.
* 남부여대 남자는 지고 여자는 인다는 뜻으로, 가난한 사람들이 살 곳을 찾아 이리저리 떠돌아다님을 비유적으로 이르는 말.
* 유리하다 일정한 집과 직업이 없이 이곳저곳으로 떠돌아다니다.

쇠잔해 갔다.

지금으로부터 9년 전, 그가 열일곱 살 되던 해 봄에(그의 나이는 실상 스물여섯이었다. 가난과 고생이 얼마나 사람을 늙히는가) 그의 집안은 살기 좋다는 바람에 서간도로 이사를 갔었다. 쫓겨가는 운명이거든 어디를 간들 신신하랴˚. 그곳의 비옥한 전야˚도 그들을 위하여 열려질 리 없었다. 조금 좋은 땅은 먼저 간 이가 모조리 차지를 하였고, 황무지는 비록 많다 하나 그곳 당도하던 날부터 아침거리 저녁거리가 걱정이라, 무슨 형세로 적어도 1년이란 장구한 세월을 먹고 입어 가며 거친 땅을 풀 수가 있으랴. 남의 밑천을 얻어서 농사를 짓고 보니, 가을이 되어 남는 것은 빈주먹뿐이었다. 이태 동안을 사는 것이 아니라 억지로 버티어 갈 제, 그의 아버지는 우연히 병을 얻어 타국의 외로운 혼이 되고 말았다. 열아홉 살밖에 안 된 그가 홀어머니를 모시고 악으로 악으로 모진 목숨을 이어가던 중, 4년이 못 되어 영양 부족한 몸이 심한 노동에 지친 탓으로 그의 어머니 또한 죽고 말았다.

"모친꺼정 돌아갔구마. 돌아가실 때 흰죽 한 모금도 못 자셨구마."

하고 이야기하던 그는 문득 말을 뚝 끊는다. 그의 눈이 번들번들

˚ 신신하다 사는 것이 넉넉해져 생기가 돌고 새로워지다.
˚ 전야 온 들판. 논밭으로 이루어진 들.

함은 눈물이 쏟아졌음이리라. 나는 무엇이라고 위로할 말을 몰랐다. 한동안 머뭇머뭇이 있다가 나는 차를 탈 때에 친구들이 사 준 정종병 마개를 빼었다. 찻잔에 부어서 그도 마시고 나도 마셨다. 악착한 운명이 던져준 깊은 슬픔을 술로 녹이려는 듯이 연거푸 다섯 잔을 마신 그는 다시 말을 계속하였다.

그 후 그는 부모 잃은 땅에 오래 머물기 싫었다. 신의주로, 안동 현으로 품을 팔다가, 일본으로 또 벌이를 찾아가게 되었다. 구주° 탄광에 있어도 보고, 대판 철공장에도 몸을 담아보았다. 벌이는 조금 나았으나 외롭고 젊은 몸은 자연히 방탕해졌다. 돈을 모으려야 모을 수 없고, 이따금 울화만 치받치기 때문에 한곳에 주접°을 하고 있을 수 없었다. 화도 나고 고국산천이 그립기도 하여서 훌쩍 뛰어나왔다가 오래간만에 고향을 둘러보고, 벌이를 구할 겸 구경도 할 겸 서울로 올라가는 길이라 한다.

"고향에 가시니 반가워하는 사람이 있습디까?"

나는 탄식하였다.

"반가워하는 사람이 다 뭔기요. 고향이 통 없어졌드마."

"그렇겠지요. 9년 동안이면 퍽 변했겠지요."

"변하고 뭐고 간에 아무것도 없드마. 집도 없고, 사람도 없고,

• 구주 규슈. 일본 열도를 이루는 4대 섬 가운데 가장 남쪽에 있는 섬.
• 주접 한때 머물러 삶.

개 한 마리도 얼씬을 않드마."

"그러면 아주 폐농이 되었단 말씀이오?"

"흥, 그렇구마. 무너지다가 만 담만 즐비하게 남았드마. 우리 살던 집도 터야 안 남았는기요. 암만 찾아도 못 찾겠드마. 사람 살던 동리가 그렇게 된 것을 구경했는기요?"

하고 그의 짜는 듯한 목은 높아졌다.

"썩어 넘어진 서까래, 뚤뚤 구르는 주추°는 꼭 무덤을 파서 해골을 헐어 젖혀놓은 것 같드마. 세상에 이런 일도 있는기요? 100여 호 살던 동리가 10년이 못 되어 통 없어지는 수도 있는기요. 후—"

하고 그는 한숨을 쉬며, 그때의 광경을 눈앞에 그리는 듯이 멀거니 먼 산을 보다가 내가 따라준 술을 꿀꺽 들이켜고,

"참, 가슴이 터지드마. 가슴이 터져."

하자마자 굵직한 눈물 두어 방울이 뚝뚝 떨어진다.

나는 그 눈물 가운데 음산하고 비참한 조선의 얼굴을 똑똑히 본 듯싶었다.

이윽고 나는 이런 말을 물었다.

"그래, 이번 길에 고향 사람은 하나도 못 만났습니까?

"하나 만났구마. 단지 하나."

"친척 되시는 분이던가요?"

• 주추 기둥 밑에 괴는 돌 따위의 물건.

"아니구마. 한 이웃에 살던 사람이구마."

하고 그의 얼굴은 더욱 침울해진다.

"여간 반갑지 않으셨겠지요?"

"반갑다마다. 죽은 사람을 만난 것 같드마. 더구나 그 사람은 나와 까닭도 좀 있던 사람인데……."

"까닭이라니?"

"나와 혼인 말이 있던 여자구마."

"하아!"

나는 놀란 듯이 벌린 입이 닫히지 않았다.

"그 신세도 내 신세만이나 하고나."

하고 그는 또 이야기를 계속하였다.

그 여자는 자기보다 나이 두 살 위였는데, 한 이웃에 사는 탓으로 같이 놀기도 하고 싸우기도 하며 자라났었다. 그가 열네댓 살적부터 그들 부모들 사이에 혼인 말이 있었고, 그도 어린 마음에 매우 탐탁하게 생각하였었다. 그런데 그 처녀가 열일곱 살 된 겨울에 별안간 간 곳을 모르게 되었다. 알고 보니, 그 아비 되는 자가 20원을 받고 대구 유곽에 팔아먹은 것이었다. 그 소문이 퍼지자 그 처녀 가족은 그 동리에서 못 살고 멀리 이사를 갔는데, 그 후로는 물론 피차에 한번 만나보지도 못하였다.

이번에야 빈터만 남은 고향을 구경하고 돌아오는 길에 읍내에서 그 아내 될 뻔한 댁과 마주치게 되었다. 처녀는 어떤 일본 사람

집에서 아이를 보고 있었다. 궐녀는 20원 몸값을 10년을 두고 갚았건만 그래도 빚이 60원이나 남았었는데, 몸에 몹쓸 병이 들고 나이 늙어져서 산송장이 되니까, 주인 되는 자가 특별히 빚을 탕감해 주고 작년 가을에야 놓아준 것이었다.

궐녀도 자기와 같이, 10년 동안이나 그리던 고향에 찾아오니까 거기는 집도 없고 부모도 없고 쓸쓸한 돌무더기만 눈물을 자아낼 뿐이었다. 하루해를 울어 보내고 읍내로 들어와서 돌아다니다가, 10년 동안에 한 마디 두 마디 배워두었던 일본말 덕택으로 그 일본 집에 있게 된 것이었다.

"암만 사람이 변하기로 어째 그렇게도 변하는기요? 그 숱 많던 머리가 훌렁 다 벗어졌드마. 눈은 움푹 들어가고, 그 이들이들하던° 얼굴빛도 마치 유산(乳酸)°을 끼얹은 듯하드마."

"서로 붙잡고 많이 우셨겠지요?"

"눈물도 안 나오드마. 일본 우동집에 들어가서 둘이서 정종만 한 열 병 때려누이고 헤어졌구마."

하고 가슴을 짜는 듯이 괴로운 한숨을 쉬더니만, 그는 지난 슬픔을 새록새록이 자아내어 마음에 새기기에 지쳤음이러라.

"이야기를 다 하면 무얼 하는기요."

• 이들이들하다 모양이 번들번들 윤기가 돌고 부들부들하다.
• 유산 젖당이나 포도당 따위의 발효로 생기는 유기산. 무색무취의 신맛이 나는 액체로, 물과 알코올에 잘 녹는다.

하고 쓸쓸하게 입을 다문다. 나 또한 너무도 참혹한 사람살이를 듣기에 신물이 났다.

"자, 우리 술이나 마저 먹읍시다."

하고 우리는 주거니 받거니 한 됫병을 다 말리고 말았다.

그는 취흥에 겨워서 우리가 어릴 때 멋모르고 부르던 노래를 읊조렸다.

벗섬이나 나는 전토는
신작로가 되고요
말마디나 하는 친구는
감옥소로 가고요
담뱃대나 떠는 노인은
공동묘지로 가고요
인물이나 좋은 계집은
유곽으로 가고요

《조선일보》 1926년 1월 4일자에 실린 〈그의 얼굴〉을 바탕으로 함.

작품 이해하기

1926년에 발표된 이 작품은 1920년대 조선의 상황을 집약적으로 보여준다. 서술자인 '나'가 주인공인 그를 관찰하며, 그의 처절한 삶을 독자에게 전달해 준다. 소설 마지막에 어린 시절 멋모르고 부르던 노래 가사를 통해 당시 조선의 얼굴을 사실적이면서도 압축적으로 보여주며 긴 여운을 남긴다.

대구에서 서울 가는 기차 안, '나'는 맞은편에 앉은 그를 흥미롭게 관찰한다. 그는 기모노에 중국식 바지를 입고 짚신을 신었다. 공교롭게도 그와 '나'가 자리 잡은 기차 안에는 중국 사람, 일본 사람, 그들을 합해 세 나라 사람들이 함께 모여 있다. 여기서 그는 세 나라의 옷차림을 섞어놓은 옷을 입고, 어쭙잖은 일본말과 중국말을 건네며 시시덕거린다. 그 모습을 보고 있는 '나'는 그가 밉살맞고 못마땅하다. 중국 사람과 일본 사람과 시시덕거리는 모습이 마땅치 않았던 것이다. 중국 사람과 일본 사람 역시 기이한 옷차림을 한 그에게 탐탁지 않은 반응을 보내자, 그는 '나'에게 이것저것 묻기 시작한다. 그러나 '나' 역시 그가 성가시다. 그러다가 '나'는 찡그리기에 더 적합한 그의 얼굴을 보게 되는데, 그 표정에서 그동안 삶이 얼마나 심란했을지 상상하게 된다. 가난과 고생으로 늙어버린 그에게 직접 들은 그의 삶은 더욱 처참했다.

그는 역둔토, 지금으로 말하자면 공공부지에 땅을 빌려 농사를 짓던 사람이었는데, 갑자기 '동양척식주식회사'가 그 땅을 빼앗고 이중으로 소작료를 부과하게 되면서 많은 고향 사람들이 여기저기로 떠나게 되었다. 그의 가족들은 조선을 떠나 서간도로 이주하게 되었으나, 이미 땅을 차지한 사람들에게 밀려 제대로 된 농사를 지을 수 없었다. 그는 빈곤으로 아버지와 어머니를 잃고, 신의주와 안동현 일대를 전전한다. 이후 일본으로 넘어가 탄광이며 철공장에서 몸도 마음도 상처 입은 채 고향으로 돌아오게 된 것이었다.

9년 만에 다시 찾은 고향에는 아무것도 남아 있지 않았다. 변해버린 것이 아니라 사람이 살지 않는 마을이 된 것이다. 마치 '무덤을 파서 해골을 헐어젖혀놓은 것' 같이 폐허가 되어버린 것이다. 농사지을 땅을 빼앗긴 사람들이 더는 시골 마을에서 살 수 없어 뿔뿔이 흩어졌다. 그의 아버지와 어머니처럼 굶어 죽거나 그처럼 여기저기를 떠돌며 살아갈 수밖에 없게 된 것이다. 우연히 읍내에서 만난 고향 사람의 삶은 그보다 더 처참하면 처참했지 덜하지 않다. 그와 혼담이 오갈 정도로 가까이 지냈던 '그녀'. 그러나 그녀의 아버지는 자신의 딸을 돈 20원에 팔아넘기고, 그녀는 10년 넘게 유곽에서 지내며 병들어 산송장이 되었다. 그의 인생 이야기를 들으며 '나'는 '음산하고 비참한 조선의 얼굴을 똑똑히' 보게 된다. 중간 소작인과 동척에 다 빼앗기고 굶어 죽어가는 백성들, 여자는 술집에 팔려가고 남자는 공장으로 끌려가는 현실. 100여 년 전 조선 사회의 맨얼굴이다.

그의 이야기를 들으며 '나'는 그에게 정종 술잔을 건네는 것 말고는 다른 위로의 말을 찾을 수 없다. 두 사람은 정종 한 병을 다 비우고, 그는 어린 시절 뜻 모르고 불렀던 노래를 흥얼거리며 이 소설은 끝이 난다.

그는 서울에 도착하여 자신이 원하는 일자리를 얻을 수 있었을까? 그의 앞날은 지난날보다 더 나아질 수 있을까? 장담할 수 없다. 어쩌면 그는 〈운수 좋은 날〉의 김 첨지의 다른 모습일지도 모르고, 더 나이 들어 〈신문지와 철창〉의 노인이 되었을지도 모른다. 그 시절, 농사지을 땅을 빼앗긴 백성들의 모습을 현진건은 그의 일생을 통해 보여준다.

〈운수 좋은 날〉에서 김 첨지 개인의 빈곤과 좌절을 보여주었다면, 〈고향〉에서는 개인의 빈곤이 개인의 문제가 아니라는 문제의식을 보여준다. 가난의 원인을 더 넓고 근본적으로 파헤치고 고발하고 있다. 결국 '조선의 얼굴'은 곧 그의 얼굴이며, 그의 삶에 연민을 보내는 '나'의 얼굴이다.

기모노에 중국식 바지를 입은 그

대구에서 서울 가는 기차에서 만난 그는 일본 옷인 기모노를 걸치고, 옥양목 저고리를 입고, 중국식 바지를 입었다. 동양 삼국의 옷을 한 몸에 걸치고, 일본말도 중국말도 곧잘 해내는 그의 모습을 통해서 그의 삶을 유추할 수 있다. 조선에서 쫓겨나 서간도 일대를 떠돌고, 일본으로 가서 탄광이며 철공장을 전전할 수밖에 없는 하층민의 삶이 그의 옷차림에서 드러난다. 어디에서도 정착할 수 없는 떠돌이의 삶이자, 나라와 고향과 땅을 빼앗긴 사람의 모습이다. 이러한 그 모습을 작가는 그의 옷차림을 통해 보여준다.

동양척식주식회사

1908년 일제의 강요로 세워진 수탈기관이다. 일제는 자본을 제공하고 조선은 땅을 제공하여 일본의 선진 농법을 들여와 식량 생산을 높인다는 명목으로 설립되었다. 그러나 실제로는 조선의 토지와 금융, 자원을 장악하고 일본인들의 식민지 내의 정착을 돕기 위해 만들어졌다. 동척은 소설에서처럼 국

유지를 우선 인수하고 개인의 땅을 헐값에 사들이면서 조선의 땅을 소유했다. 땅을 빼앗아 쌀과 자본을 수탈해 갔고, 일본인들에게 조선 땅을 나눠주어 정착하게 했다.

일본인의 거주가 늘어나는 만큼 조선인들은 토지를 잃고 고향을 떠나게 되었다. 1910년 이래 만주로 이민 가는 조선인이 매년 1만여 명이었고, 1945년까지 무려 150만 명이 만주로 이주해 갔다고 한다. 물론 그중에는 독립운동가들도 있었지만, 대부분은 '그'와 같은 농민들이거나 고국에서 생활고를 견디지 못한 사람들이었다.

멋모르고 부르던 노래

일제강점기에 동양척식주식회사의 수탈 정책으로 땅을 빼앗기고 고향에서 쫓겨나 떠돌아다니면서 고통당하는 농민들. 정의로운 사람들은 여지없이 감옥에 수감되어 목숨의 위협을 받는 현실. 일도 하지 못하고 담배나 피며 삶을 지탱하는 노인. 딸을 술집에 팔아 생계를 유지할 수밖에 없는 처참한 궁핍.

멋모르고 부르던 노래는 당시의 처참한 조선의 얼굴을 사실적으로 보여준다. '그'가 살아가던 그 시절 조선의 모습을 노래 가사를 통해 집약적으로 보여주면서 주제를 강조하고 있다.

조선의 얼굴

이 소설은 1926년 1월 4일 조선일보에 〈그의 얼굴〉이라는 제목으로 발표되었다가 같은 해 단편집 《조선의 얼굴》에 〈고향〉으로 제목을 바꾸어 재수록되었다. 《조선의 얼굴》에 실린 작품은 〈사립정신병원장〉, 〈불〉, 〈B사감과 러브레터〉, 〈할머니의 죽음〉, 〈운수 좋은 날〉, 〈까막잡기〉, 〈발〉, 〈우편국에서〉, 〈피아노〉, 〈동정〉, 〈고향〉 이렇게 모두 11편이다. 이 작품집의 제목은 단편소설 제목에서 뽑은 것이 아니라 〈고향〉의 한 구절에서 가져온 것이다. 당시 현진건이 말하고자 하는 바를 가장 잘 담고 있는 작품이 〈고향〉이라는 것을 추측할 수 있다.

1920년대 조선의 모습을 보여주고 싶었던 현진건. 조선의 피폐해진 민낯을 고발하고 싶었던 현진건의 마음이 담긴 작품이 바로 〈고향〉이다. 당시 검열제도를 떠올리면 이런 작품이 발표될 수 있었다는 점이 놀랍기까지 하다. 《조선의 얼굴》은 이후 금서 처분이 되었다고 한다. 현진건이 이런 작품을 쓸 수 있었던 것은 항일운동을 하다가 세상을 뜬 셋째 형 정건의 영향이 컸을 것으로 보인다.

현진건을 읽다

1판 1쇄 발행일 2021년 7월 23일

지은이 전국국어교사모임

발행인 김학원
발행처 (주)휴머니스트출판그룹
출판등록 제313-2007-000007호(2007년 1월 5일)
주소 (03991) 서울시 마포구 동교로23길 76(연남동)
전화 02-335-4422 **팩스** 02-334-3427
저자·독자 서비스 humanist@humanistbooks.com
홈페이지 www.humanistbooks.com
유튜브 youtube.com/user/humanistma **포스트** post.naver.com/hmcv
페이스북 facebook.com/hmcv2001 **인스타그램** @humanist_insta

편집책임 문성환 **편집** 김사라 **디자인** 이수빈
용지 화인페이퍼 **인쇄** 청아디앤피 **제본** 정민문화사

ⓒ 전국국어교사모임, 2021

ISBN 979-11-6080-670-0 43810